I0607095

Julius Kühn

Die Getreidezölle in ihrer Bedeutung für den kleinen und

mittleren Grundbesitz

Julius Kühn

Die Getreidezölle in ihrer Bedeutung für den kleinen und mittleren Grundbesitz

ISBN/EAN: 9783742813824

Hergestellt in Europa, USA, Kanada, Australien, Japan

Cover: Foto ©Andreas Hilbeck / pixelio.de

Manufactured and distributed by brebook publishing software
(www.brebook.com)

Julius Kühn

Die Getreidezölle in ihrer Bedeutung für den kleinen und mittleren Grundbesitz

Die Getreidezölle

in ihrer Bedeutung

für den kleinen und mittleren Grundbesitz.

Ein Beitrag zur Verständigung

von

Prof. Dr. Julius Kühn,

Director des landwirthschaftlichen Instituts der Universität Halle.

Halle a. S.,

Druck der Buchdruckerei des Waisenhauses.

1885.

Wie früher in der Tagespresse, so ist auch im Reichstage bei der ersten und zweiten Lesung der Zolltarifnovelle wiederholt darauf hingewiesen worden, daß eine Gemeinschaft der Interessen des Großgrundbesitzes und des kleinen oder bäuerlichen Besitzes in der Zollfrage nicht existire, weil die Getreidezölle nur den Großgrundbesitzern, nur der Minderheit der Landwirthe Vortheil bringen würden.

Diese Behauptung hat zwar bereits in dem Reichstage selbst, insbesondere durch den Reichskanzler die entschiedenste Zurückweisung erfahren, immerhin dürfte es aber bei der eminenten Bedeutung der Sache von allgemeinerem Interesse sein, an der Hand specieller Ermittelungen die Grundlosigkeit derselben noch näher nachzuweisen. Indem ich einen solchen Nachweis zu geben suche, vermag ich mich hauptsächlich auf die mustergültigen, an werthvollen Ergebnissen so reichen „Erhebungen über die Lage der Landwirthschaft im Großherzogthum Baden" vom Jahr 1883 zu stützen; ich habe aber auch, soweit die Kürze der Zeit es ermöglichte, zuverlässige Angaben mir näher bekannter Landwirthe aus verschiedenen Provinzen des preußischen Staates, aus dem Königreich Sachsen und aus dem Großherzogthum Weimar zu erlangen gesucht. Das gesammte, mir augenblicklich zur Verfügung stehende Material betrifft 139 Landwirthschaftsbetriebe größerer und geringerer Ausdehnung. Von 26 Gütern gingen mir die bezüglichen Mittheilungen aus zwei oder drei Jahrgängen zu. Es handelt sich dabei um genaue Angaben über den Gesammterntebetrag von Halmgetreide und Hülsenfrüchten; um Angaben über die Menge des in der eigenen Wirthschaft verbrauchten Getreides und des zum Verkauf gelangten Quantums. Je größer der procentische Antheil des letzteren an der Gesammternte, um so bedeutender muß der Einfluß der Zollerhöhung hervortreten, insofern dieselbe eine Hebung des Preises zu bewirken vermag. — Zunächst ist es für eine Vergleichung des größeren Grundbesitzes mit dem mittleren und kleineren Besitz erforderlich, diese Kategorien in angemessener Weise abzugrenzen. Dies ist nicht leicht auszuführen, weil durch die Beschaffenheit von Klima und Boden, durch die Absatzverhältnisse, sowie durch das ungleiche Maß von Kapital- und Arbeitsverwendung die mannigfaltigsten Betriebsverhältnisse hervorgerufen werden, und weil für das, was bei dem ländlichen Besitz groß und klein genannt wird, auch die in verschiedenen Gegenden abweichende herkömmliche Auffassungsweise mitspricht. So rechnet man in Baden zu dem Großbauernbesitz schon Güter, deren Areal in Pommern für den Betrieb eines Kleinbauern kaum ausreichend erscheint. Am Kaiserstuhl wird ein Besitz von 3,73 ha als „mittleres Bauerngut" bezeichnet, während ein Bericht aus

1*

dem nördlichen Theile Badens eine Wirthschaft mit 8,23 ha als „kleines Bauerngütchen" aufführt. Um aber den Anschluß zu gewinnen an die von dem Kaiserl. statistischen Amte im
IX. Monatsheste zur „Statistik des deutschen Reiches für das Jahr 1884" über die
Größen- und Betriebsverhältnisse der deutschen Landwirthschaft mitgetheilten Erhebungen,
bleibt nur übrig, mit allem Vorbehalt lediglich die räumliche Ausdehnung der landwirthschaftlich benutzten Fläche für Charakteristik der Betriebskategorien zum Anhalt zu nehmen. Es
lassen sich darnach unterscheiden: 1) der Parzellenbesitz bei einer Betriebsausdehnung bis
zu 2 ha; 2) der Kleinbesitz, bei dem unter günstigen Verhältnissen bereits ein selbstständiger Landwirthschaftsbetrieb (der der Kleinbauern, Halbbauern) beginnt, mit 2—5 ha
Fläche; 3) der gewöhnliche bäuerliche Besitz (Besitz der Mittelbauern) mit 5—20 ha;
4) der mittlere Besitz, welcher die größeren Bauerngüter (die der Großbauern) sowie
die sogenannten Freigüter mit einschließt und von 20—100 ha sich erstreckt; 5) der
größere und der Großgrund-Besitz, alle Güter über 100 ha umfassen. — Eine weitere
Trennung der letzteren Kategorie erschien für den vorliegenden Zweck nicht erforderlich.

Hiernach ergeben sich folgende Verhältnisse für den Landwirthschaftsbetrieb des
Deutschen Reiches:

Betriebs-Kategorien.	Größe d. land-wirthschaftlich genutzten Flächen des einzelnen Betriebes. ha	Anzahl der Betriebe.	Größe des Acker-, Garten-, Weinberg-, Wiese- und Weide-Areals. ha	Procentischer Antheil an der Gesammtfläche des landwirth-schaftlich genützten Areals.
I. Parzellenbesitz	0,1—2	3009849	1806996	5,6 %
II. Kleinbesitz (Kleinbauern, Halbbauern) . .	2—5	989716	3229504	9,9 „
III. Gew. bäuerlicher Besitz (Mittelbauern) .	5—20	962059	9511242	29,2 „
VI. Mittler Besitz . . . . . . (Großbauern, Freigüter u. s. w.)	20—100	289261	10165870	31,2 „
V. Größerer und Großgrund-Besitz .	über 100	25459	7852385	24,1 „
Summa		5276344	32565997	100,0 „

Es geht hieraus zunächst die möglicherweise für Viele überraschende Thatsache hervor,
daß der größere und Großgrund-Besitz noch nicht ganz ¼ der landwirthschaftlich
genutzten Fläche des deutschen Reiches umfaßt, während dem kleineren und mittleren
Besitz zusammen über 70 % der Gesammtfläche zufallen. Der Schwerpunkt landwirthschaftlicher Nutzung fällt somit im deutschen Reiche nicht auf den Großgrundbesitz, sondern auf
den bäuerlichen Besitz, auf die Wirthschaften der Kleinbauern, Mittel- und Großbauern!
Wenn es daher zutreffend wäre, was gegnerischerseits geäußert wurde: „daß dem Bauernstande

die Erhöhung der Getreidezölle gar nichts oder nur verschwindend wenig helfen wird, weil er gar kein oder nur verschwindend wenig Getreide zum Verkauf baut," dann wäre es in der That die Minderheit, nicht nur der Zahl der Landwirthe, sondern auch der bebauten Fläche nach, welcher die Kornzölle zu Gute kämen, es würde dann aber auch ein arger volkswirthschaftlicher Fehler sein, diese Minderheit, auf welche allein die Hoffnung einer einiger= maßen genügenden heimischen Production von Brotgetreide für Deckung des Bedürfnisses der nicht landwirthschaftlichen Bevölkerung sich stützen könnte, der Fläche nach noch mehr zu ver= kleinern durch Parzellirung von Domainen und größeren Gütern! Und doch hält man mit Recht eine solche Maßnahme zur Vermehrung des Bauernstandes allgemein für sehr zweckmäßig und dies geschieht insbesondere auch von Seiten derer, welche Gegner der Zollerhöhung sind. — Hierin liegt ohnstreitig ein Widerspruch, der sich aber alsbald löst, sowie man die Sachlage bezüglich der Verkaufsverhältnisse der einzelnen Besitzkategorien näher untersucht. Die nachstehenden Mittheilungen werden zeigen, daß der gesammte Grundbesitz an dem Ver= kaufe von Getreide betheiligt ist.

I. Der Parzellenbesitz. — Der Herr Reichskanzler wies bereits in seiner ersten Rede zur Zollnovelle daraufhin, daß auch der kleinste Besitzer Getreide verkaufe und daher an dem Preisstande desselben interessirt sei. Er baut ja nicht nur Brotkorn, sondern auch Gerste und Hafer, also Früchte, die er nicht selbst consumirt, sondern verkauft, und es ist für ihn keineswegs gleichgiltig, ob er für dieselben einen angemessenen Preis erhält oder nicht. Es ist ferner für ihn in der That wirthschaftlicher, wie der Reichskanzler weiter hervorhob, auch den erbauten Roggen zu verkaufen und nicht selbst zu verbacken, sondern das Brot vom Bäcker zu entnehmen. So geschieht es häufig hier in der Umgegend von Halle, nicht nur bei Parzellenbesitzern, sondern auch noch bei mittlerem Besitz. Daß diese Verhältnisse auch anderwärts in ähnlicher Weise sich entwickeln, zeigen die Worte eines meiner Herren Bericht= erstatter aus dem Königreich Sachsen (Oberlausitz): „Hier beginnt der Körnerverkauf schon mit ½ Hectar." Noch weit bedeutsamer wird freilich das Interesse am Preisstande des Getreides bei weiterer Ausdehnung der bewirthschafteten Fläche bis zu demjenigen Maße, bei welchem nicht nur der eigene Haushaltungs= und Wirthschaftsbedarf Deckung findet, sondern darüber hinaus noch ein Verkauf von Getreide stattfinden kann.

II. Der Kleinbesitz, die Wirthschaften der Kleinbauern oder Halbbauern mit über 2 bis 5 ha Areal. — Bei dieser Kategorie beginnt bereits der Uebergang zum selbst= ständigen Landwirthschaftsbetriebe und zwar nicht nur im Großherzogthum Baden, sondern auch nach den mir vorliegenden Nachweisen im Königreich Sachsen, in der Prov. Sachsen, Prov. Brandenburg, im Großherzogthum Weimar und in gleicher Weise gewiß auch in anderen Theilen des Reiches, aus denen ich Nachrichten über diese Besitzgröße nicht zu erlangen ver= mochte. Es ist schwierig dergleichen zu erhalten, weil die Leute, wie man mir mittheilte, die „Steuerschraube" fürchten. Immerhin vermag ich mich auf sichere Nachweise über 30 Be= sitzungen dieser Kategorie zu stützen. — Der Bericht von Huttenheim (Baden) weist schon bei einem Besitzstande von 2,60 ha einen selbstständigen Betrieb nach. Bei vollständiger Deckung des Bedarfes für Saatgut und Haushaltung (pro Tag und Person 2,13 Pfund für Brot und Suppenmehl), also ohne allen Zukauf von Getreide, von Brot oder Mehl verbleiben trotz Tabak= und Hopfenbau auf 27,7 ar **11,5 %** des geernteten Getreides zum Verkauf. Aehnlich stellen sich die Verhältnisse in Sandhausen (einem Pfalzorte). Bei einem Besitzstande von 2,96 ha, bei einem Consum in der Haushaltung pro Tag und Kopf = 1,16 Pfund ledig=

lich aus der eigenen Wirthschaft ohne allen Zukauf von Getreide, Brot oder Mehl und bei einer Ausdehnung des Tabak= und Hopfenbaues auf 44 ar kommen zum Verkauf 20,7 % der Getreideernte. Noch günstiger sind die Verhältnisse in Richen (typisch für eine Gemeinde des nördlichen badischen Hügellandes mit vorwiegendem Körnerbau auf gutem Boden), Areal des Gütchens 2,97 ha. Handelsgewächsbau findet nicht statt; Getreide, Brot oder Mehl wird nicht zugekauft. Nach Deckung des Bedarfes für Saat und Haushaltung (1,23 Pfund pro Tag und Kopf) bleiben zum Verkauf 53,4 % der Ernte. Ein Bauergütchen in Sulz= feld (Kraichgau) mit 3,77 ha Areal, ohne Handelsgewächsbau und ohne Zukauf von Getreide, Brot oder Mehl, verkauft nach Deckung des Wirthschaftsbedarfes (1,39 Pfund pro Tag und Kopf für die Haushaltung) 54 % der Ernte. In einer Wirthschaft des Mansfelder See= kreises (Prov. Sachsen) mit 4,50 ha Areal betrug nach Deckung aller Bedürfnisse der Wirthschaft und des Haushaltes der Verkauf von Halmgetreide im Jahre 1882/83 63,4 %, im Jahre 1883/84 selbst 65,6 % der Ernte! Diese Beispiele zeigen, wie bedeutend unter günstigen Boden= verhältnissen selbst beim Kleinbauer der Verkauf von Getreide sein kann. In manchen Fällen findet aber auch gar kein Verkauf von Getreide statt. Hier sind zunächst die Wirthschaften der Schwarzwaldorte Oberwolfach, Steig, Görwihl, Wittenschwand und Neukirch von weiteren Vergleichen ganz auszuschließen. Sie liegen im rauhen Gebirgsklima, der Ackerbau tritt zurück und ist da, wo er betrieben werden kann, wenig ergiebig; ausgedehnte Wiesen und Weiden begünstigen die Viehhaltung, die fast ausschließlich die baaren Einnahmen liefert. Selbst der Großbauer verkauft, wie in Neukirch bei 56,45 ha Areal gar kein Getreide oder es beträgt der Getreideverkauf wie in den anderen Orten nur wenige Procente der Ernte. Werden die 5 Kleinbauerwirthschaften dieser Schwarzwaldorte von der Gesammtzahl der Klein= betriebe, über die mir Nachrichten vorliegen, abgezogen, so verbleiben 25. Von diesen ver= kaufen 6 Kleinbetriebe Badens und 1 Kleinbetrieb der Prov. Brandenburg kein Getreide, während bei einem anderen Kleinbetriebe der Prov. Brandenburg ein Verkauf in einem Jahre zu 23,3, in dem folgenden zu 27,5 % nachgewiesen wird. Jene sechs badenischen Wirthschaften sind theils Reborten angehörig, in denen der Ackerbau gegen den Weinbau zurück= tritt, oder es findet ein so ausgedehnter Handelsgewächsbau statt, daß für den Getreide= bau nur eine sehr verminderte Fläche übrig bleibt. Bei den übrigen 18 Kleinbetrieben, welche Getreide verkaufen, wechselt das procentische Verhältniß des verkauften Getreides von 7,4 bis zu 65,1 % und ergiebt im Durchschnitt das immerhin erhebliche Verhältniß von 34,05 % der Ernte.

III. Bäuerlicher Besitz mit einem Areal von 5 — 20 ha, Wirthschaften der Mittelbauern. — Aus dieser Kategorie kommen 44 Wirthschaften zum Vergleich, von denen 36 dem Großherzogthum Baden angehören. Bei diesen schwankt das Verhältniß des ver= kauften Getreides von 10,7 —66 % und beträgt im Mittel 40,26 % der Ernte. Es ist dies ein recht günstiger Durchschnittssatz, der unzweifelhaft beweist, welch hohes Interesse auch der bäuerliche Landwirth an einem angemessenen Preisstande des Getreides haben muß, und der um so bedeutsamer erscheint, als mehrere der in Vergleich gezogenen Wirthschaften Reborten angehören, in denen der Ackerbau erhebliche Einschränkung findet, und wo daher nur 10,7 % oder 12,5 % oder wenig mehr von der Getreideernte zum Verkauf kommen. Der Antheil dieser Wirthschaften drückt das berechnete Mittel erheblich herab. Bei gewöhnlichem Land= wirthschaftsbetriebe ist auch im Badenschen der durchschnittliche Betrag des zum Verkauf kommenden Getreides ein weit höherer, wie folgende Beispiele zeigen. In Sindolsheim, einem Orte des nördlichsten Hügellandes mit nicht ganz günstigen Bodenverhältnissen und

„ausgeprägtem Körnerbau", der in dem Badenschen Bericht ausdrücklich als „typisch für eine rein fruchtbauende Gemeinde" bezeichnet wird, beträgt bei einem mittleren Bauergute (16,1 ha Gesammtareal; 2,2 ha Wald und 13,9 ha landwirthschaftlich genützte Fläche) das zum Verkauf kommende Getreide **64,62%** der Ernte. In Rißchen beträgt bei einem „Bauergütchen" mit einer landwirthschaftlich genützten Fläche von 12,9 ha der verkäufliche Antheil der Ernte **59,9%**. In Watterdingen, einem „Höhgauorte mit Körnerbau und Viehzucht" verkauft ein Bauergut mit 7,89 ha Areal **58,4%** und ein anderes mit 16,03 ha landwirthschaftlich genützter Fläche **49,5%** der Getreideernte. In Königsbach (Amtsbezirk Durlach), einer „Gemeinde mit Frucht = und etwas Handelsgewächsbau" bringt ein „Bauerngütchen" mit 5,87 ha Areal **57,5%** der Getreideernte zum Verkauf. In Schönfeld, einem Orte des sogenannten Gaus mit „ausgeprägtem Körnerbau" beträgt bei einem Areale von 11,2 ha der zum Verkauf kommende Theil der Getreideernte **66%**. — Diesen Verhältnissen mit gewöhnlichem Landwirthschaftsbetriebe, also Getreidebau und Viehzucht, schließen sich auch die 8 weiteren zum Vergleich vorliegenden Bauernwirthschaften an. Eine derselben mit 5,62 ha Areal liegt im Mansfelder Seekreis (Provinz Sachsen) und brachte nach Deckung aller Bedürfnisse für Wirthschaft und Haushalt, somit ohne allen Zukauf von Getreide, Brot oder Mehl im Jahre 1882/3 **67,5%**, im Jahre 1883/4 **69,6%**, im Durchschnitt beider 68,5% der Getreideernte zum Verkauf. — Eine in der Provinz Brandenburg gelegene Wirthschaft mit 19,40 ha verkaufte in drei aufeinander folgenden Jahren 66,6 — 61,8 — 71,8 im Durchschnitt **66,7%** der Getreideernte, während eine andere ebendaselbst gelegene Wirthschaft mit nur 6,12 ha in einem Jahre kein Getreide, in den beiden folgenden Jahren 33,3% und 29,4%, im Durchschnitt dreier Jahre also nur **20,9%** der Getreideernte verkaufte. Bei den übrigen fünf hierher gehörigen Bauernwirthschaften, die im Großherzogthum Weimar und Königreich Sachsen liegen, wechselt der verkäufliche Antheil der Ernte von 17,5 bis 65,6%. Im Durchschnitt ergiebt sich für die letzterwähnten 8 Wirthschaften ein Betrag von 49,7% oder rund **50%** — ein Verhältniß des zum Verkauf kommenden Getreides, welches annähernd als ein mittleres für all diejenigen Bauernwirthschaften angesehen werden kann, bei denen nicht durch ausgedehnten Rebbau oder durch sehr ungünstige Beschaffenheit von Klima und Boden wesentliche Modificationen bedingt werden.

IV. **Mittlerer Besitz mit 20—100 ha Areal, Wirthschaften der Großbauern, Freigüter 2c.** — Es kommen hier zum Vergleich 7 Güter des Großherzogthums Baden, 6 Güter der Provinz Sachsen, 2 Güter der Provinz Schlesien, 2 Güter des Königreichs Sachsen, 2 Güter des Großherzogthums Weimar. Der bei diesen Gütern zum Verkauf kommende Antheil der Ernte schwankt von 16,8 bis 77,2%. Der letztere Procentsatz findet sich bei einem Gute des Mansfelder Seekreises mit 39,32 ha Areal als Mittel zweier Jahrgänge (1882/3 **74,8%**, 1883/4 **79,6%**). Das niedrigste Verhältniß von 16,8% ergiebt sich bei einer 60,7 ha umfassenden Wirthschaft des Großherzogthums Weimar, bei welcher ein großer Theil der Getreideernte (ca. 54%) zur Fütterung verwendet wird. — Als Mittelzahl berechnet sich bei diesen 19 Gütern für den verkäuflichen Antheil der Getreideernte der Betrag von **51,1%**.

V. **Größerer und Großgrund=Besitz mit über 100 ha Areal.** — Da die Größenverhältnisse der hier zum Vergleich kommenden 12 Güter sehr abweichende sind, so führe ich sie einzeln auf.

Laufende Nummer der Güter.	Provinz.	Größe. ha	Es wurden verkauft von der gesammten Ernte an Halmgetreide und Hülsenfrüchten in Procenten			
			in einem Jahre.	in einem zweiten Jahre.	in einem dritten Jahre.	im Durchschnitt.
1.	Schlesien	131,74	63,40	58,90	—	61,15
2.	„	197,88	62,55	68,10	61,02	63,89
3.	„	206,81	51,90	54,40	52,29	52,86
4.	„	209,35	56,10	—	—	56,10
5.	„	252,77	60,29	59,90	50,50	56,89
6.	„	279,58	63,50	65,40	—	64,45
7.	„	311,75	69,70	64,30	—	67,00
8.	Sachsen	280,85	70,20	51,10	—	60,65
9.	„	408,52	64,15	67,10	59,50	63,58
10.	„	495,28	56,51	46,32	55,75	52,86
11.	Westpreußen	315,58	48,20	55,80	—	52,00
12.	Posen	1529,38	40,20	—	—	40,21
					Durchschnitt	57,63

Die bei dieser Kategorie sich ergebenden Schwankungen sind zwar nicht unerheblich, aber doch weniger bedeutend, weil ausschließlich Wirthschaften mit nicht extrem ungünstigen Boden- und klimatischen Verhältnissen zum Vergleich kommen. Beachtenswerth ist dabei, daß die Maximalzahlen auch der am meisten verkaufenden Güter selbst in den günstigsten Jahren nicht wesentlich über die Maximalzahlen hinausgehen, welche schon bei dem Kleinbesitz und ebenso bei dem Besitz der Mittel- und Großbauern sich ergeben. Eine Wirthschaft der Provinz Sachsen habe ich in obiger Zusammenstellung nicht mit aufgeführt, weil in ihr für sämmtliches Personal das Brot gekauft wird, während bei den übrigen 12 Großbetrieben dies nicht stattfindet. Jene Wirthschaft umfaßt 117,4 ha und verkauft 76,87 % der Getreideernte. — Von besonderem Interesse ist das Verkaufsverhältniß bei dem ad 12 verzeichneten Gute der Provinz Posen. Ueber die Betriebsverhältnisse dieses Großgrundbesitzes berichtet Prof. Birnbaum ausführlich in seiner werthvollen Schrift „Ueber Gewinn und Verlust durch den neuen Zolltarif in der Landwirthschaft, Leipzig 1881." Das fragliche Gut wird „im Charakter einer Getreidewirthschaft geführt" bei einer Ausdehnung des Kartoffelbaues für den Brennereibetrieb auf 14,5% der Ackerfläche. Die Verhältnisse dieses Gutes sind „nach allen Richtungen hin mehr unter Mittel als darüber." Da der Betrieb aber von sachkundigster Hand geleitet wird und zu hoher Rentabilität gebracht wurde, so dürften die Ergebnisse desselben als allgemein bezeichnend anzuziehen sein für den gut bewirthschafteten Großgrundbesitz der östlichen Provinzen des Preußischen Staates. Es ist daher von großem Interesse, daß das Verhältniß des verkäuflichen Antheiles der Halmfrucht- und Hülsenfruchternte 40,21 % vollkommen mit der Mittelzahl zusammenfällt, welche für die 36 Mittelbauergüter (von 5—20 ha Areal) des Großherzogthum Badens — 40,26 % gefunden wurde. Diese große Uebereinstimmung wird auch bestätigt, wenn man die absoluten Zahlen des Getreideverkaufes pro Flächeneinheit des landwirthschaftlich genutzten Areals berechnet. Jenes Gut der Provinz Posen verkaufte bei 1529,38 ha landwirthschaftlich genutzter Fläche pro Jahr (incl. der zum Marktpreise veranschlagten verkäuflichen Vorräthe am Jahresschlusse) 6019,41 Ctr. Für den Hektar ergiebt sich darnach ein durchschnittlicher Verkauf von

3,93 Ctr. Rechnet man den in obigen Ansätzen nicht berücksichtigten Buchweizen mit 223,65 Ctr. noch hinzu, dann beträgt der Verkauf pro Hektar landwirthschaftlich genutzter Fläche durchschnittlich 4,1 Ctr. Getreide. — Das Areal der 36 Mittelbauern Badens umfaßt dagegen nur 379,44 ha mit einem summarischen Verkauf von 2180,67 Ctr.*) Es entfallen somit pro Hektar 5,7 Ctr. Stellt man jedoch hier die der gleichen Betriebsausdehnung (5—20 ha) entsprechenden 7 Wirthschaften der Schwarzwaldorte Oberwolfach, Steig, Wittenschwand und Neukirch mit in Rechnung, so ergiebt sich eine landwirthschaftlich genutzte Fläche von 43 Badenschen Mittelbauern = 458,11 ha mit einem summarischen Verkauf von 2246,447 Ctr. oder pro Hektar 4,9 Ctr. **Es liefert somit die gleiche Fläche landwirthschaftlich genutzten Bodens bei dem bäuerlichen Besitz von 5—20 ha im Südwesten Deutschlands ebenso viel, selbst eher noch etwas mehr Getreide auf den Markt, als ein für den Großgrundbesitz des Nordostens typisches Gut.** Präciser kann das völlig gleiche Interesse an der Zollerhöhung und die völlig gleiche Leistungsfähigkeit für Versorgung des Getreidemarktes zwischen bäuerlichem Grundbesitz und Großgrundbesitz nicht zum Ausdruck kommen! —

Zu analogen Ergebnissen führt die Vergleichung der oben für die verschiedenen Besitzkategorien ermittelten Durchschnittszahlen. Sie ergeben für den ein Areal über 100 ha umfassenden größeren und Großgrundbesitz 57,63 %, für den mittleren Besitz oder den der Großbauern, mit 20—100 ha Fläche 51,1 %, für den Besitz der Mittelbauern mit 5—20 ha rund 50 %, für den Kleinbesitz mit 2—5 ha Fläche 34,05 % als den Betrag, der nach Deckung des eigenen Bedürfnisses für Wirthschaft und Haushaltung von der gesammten Ernte der Halm- und Hülsenfrüchte zum Verkauf kommt. Daß auch der Parzellenbesitzer Getreide verkauft und daß somit für den gesammten Grundbesitz der Preisstand des Getreides von Bedeutung ist, darauf wurde bereits S. 5 hingewiesen. Im letzteren Falle entnimmt jedoch der Producent in der Regel dem Markt wieder, wenn auch in anderer Form, was er ihm gab — der Vorgang bleibt rein privatwirthschaftlicher Natur. Sowie der Producent aber dem Markt mehr abgiebt, als der Deckung des eigenen Bedarfes entspricht, gewinnt seine Thätigkeit eine allgemeine volkswirthschaftliche Bedeutung. Soweit die örtlichen Verhältnisse es irgend gestatten, hat der Ackerbau die große Aufgabe zu erfüllen, auch dem nicht landwirthschaftlichen Theile der Bevölkerung neben Befriedigung sonstiger Bedürfnisse in erster Linie das Rohmaterial für Deckung des nothwendigsten Lebensbedürfnisses, des täglichen Brotes zu liefern. Dieser Aufgabe wird erst derjenige Landwirth gerecht, welcher mehr erzeugt, als dem eigenen Bedürfniß entspricht; gleichviel ob er zur Befriedigung des letzteren direct das Getreide gegen die „Metze" vermahlen läßt und selbst verbäckt oder ob er alles Geerntete verkauft, um Brot und Suppenmehl zurückzukaufen. Beschränken die Naturverhältnisse den Ackerbau, wie im höheren Gebirge oder in den Küstengegenden, so vermag sich der Landwirth an der Versorgung des Getreidemarktes nur sehr wenig oder gar nicht zu betheiligen, er muß wohl auch selbst noch etwas Brotgetreide zukaufen. Ein solcher Betrieb erfüllt dann eine andere wirthschaftliche Aufgabe durch ausgedehnte Produktion thierischer Erzeugnisse und ist insofern in einer sehr

---

*) Bei Berechnung des Areals ward immer nur die landwirthschaftlich genutzte Fläche berücksichtigt; die Wald- resp. Neubergflächen wurden ausgeschieden. Ich benutzte dabei die Specialberichte, weil bei der in den „Ergebnissen der Erhebungen über die Lage der Landwirthschaft im Großherzogthum Baden vom Jahr 1883" S. 144 u. f. gegebenen Zusammenstellung neben dem Gesammtareale nur das Ackerland, nicht die ganze landwirthschaftlich genutzte Fläche angeführt ist. Die Körnererträge habe ich gleichfalls den Specialberichten direct entnommen. — Für die Richtigkeit der von mir berechneten Zahlen vermag ich voll einzustehen.

2

glücklichen Lage, als er den sonst auf der Landwirthschaft gegenwärtig lastenden Druck nicht empfindet, weil ja nur die Getreideproduktion durch Entwerthung ihres Erzeugnisses in höherem Maße zu leiden hat, während dem überwiegend Viehzucht treibenden Landwirth die günstigen Preisverhältnisse für Zuchtthiere, Zugthiere und Molkereiprodukte voll zu Gute kommen. Daß dies insbesondere auch von der Provinz Schleswig-Holstein gilt, hat der Reichstags-abgeordnete Lorenzen in überzeugenden, dem frischen praktischen Wirken entsprungenen Worten ausgeführt und durch positive Angaben über die veränderten, außerordentlich günstigen Preise erhärtet, welche der dortige Landwirth jetzt gegen früher bei der Zucht von Rindern und Pferden zu erzielen vermag. Vortrefflich! daß es noch Theile unseres theuren Vaterlandes giebt, in denen „durchweg nicht von Noth beim Grundbesitz die Rede sein kann" und Dank der schönen meerumschlungenen Provinz Schleswig-Holstein, daß sie zu eigenem wie zu Anderer Vortheil so vortreffliches Milchvieh aufzieht! Aber das darf uns doch die Augen nicht verschließen für die Bedrängniß der übrigen weiten Gebiete, welche für den Betrieb der Viehzucht und insbesondere der Aufzucht von Thieren durch die Beschaffenheit von Klima und Boden weniger begünstigt und vorwiegend auf Getreidebau angewiesen sind.

Gleich eigenartig, wenn auch in ganz anderer Weise, gestaltet sich die Sachlage bei den Rebgeländen. Auch hier bedingen klimatische Lage und Bodenbeschaffenheit einseitige Bevor-zugung einer bestimmten Kulturart, gegen die der Fruchtbau zurücktreten muß, so daß häufig ein Körnerverkauf bei Rebgütern nicht stattfindet. So reicht beispielsweise in Wasenweiler, einem typischen Reborte des Kaiserstuhles, bei einem 3,17 ha umfassenden Bauerngute das geerntete Körnerquantum von 22,5 Ctr. zur Deckung des Haushalts- und Wirthschaftsbedarfes eben aus, es wird nur wöchentlich für 12 Pfennige, also jährlich für 6,24 Mark Weißbrot zugekauft; aber diese Wirthschaft liefert für den allgemeinen Consum Wein und Obst im Werthe von 418,40 Mark und thierische Erzeugnisse für 155,60 Mark. Sie dient in der Eigenart ihres Betriebes ebenfalls den Interessen des Allgemeinen, nur für Deckung des Bedarfes an Brotgetreide vermag sie einen Beitrag nicht zu liefern. In anderen Fällen findet jedoch auch bei Rebgütern einiger Getreideverkauf statt. So liefert ein nicht größeres, nur 3,14 ha umfassendes Rebgut in Neusatz 7,4 % der Getreideernte auf den Markt; bei einem Rebgute zu Bischoffingen, das mit 5,1 ha an der Grenze des Kleinbesitzes liegt, werden 16,8 % der Getreideernte verkauft — immerhin bleibt aber bei eigentlichen Rebwirthschaften auch in den günstigeren Fällen der Getreideverkauf nur ein beschränkter.

Wesentlich anders liegen die Verhältnisse in Oertlichkeiten mit ausgedehntem Handels-gewächsbau. Auch hier findet zuweilen ein Verkauf von Getreide nicht statt, aber dies hängt nicht in zwingender Weise von der Beschaffenheit der Naturverhältnisse ab, sondern ist Ergebniß wirthschaftlicher Calculation. Man findet es eben einträglicher, den Bedarf des Marktes an Hopfen, Tabak oder Hanf zu decken und beschränkt deshalb den Getreidebau. Wenn nach dem Badenschen Bericht in Sandhausen der Besitzer eines Kleinpächtergutes von 2,30 ha Areal kein Getreide verkauft, sondern bei einem Bedarf von 2,11 Pfund pro Tag und Kopf für Brot und Suppenmehl seine Ernte von 40,8 Ctr. Körner in der eigenen Wirthschaft verbraucht, so findet er doch recht gut seine Rechnung. Er verköstigt eine Fabrik-arbeiterin mit, wofür er 182 Mark Kostgeld einnimmt, er verkauft Tabak und Hopfen im Werthe von 660 Mark und thierische Erzeugnisse für 297 Mark und verwerthet damit seine und seiner Frau Arbeitskraft vortrefflich. Aber aus derselben Oertlichkeit konnte oben von einem wenig größeren 2,97 ha umfassenden Gütchen neben Handelsgewächsbau ein Verkauf von 20,7 % der Getreideernte nachgewiesen werden und dieser Antheil des verkauften Getreides

steigt auch bei dem Kleinbauer um so höher, je weniger eine minder ausgezeichnete Boden=
beschaffenheit den Betrieb einseitigen Handelsgewächsbaues rechtfertigt, je mehr also der Schwer=
punkt des Betriebes mehr und mehr auf den Getreidebau fällt. Dies ist aber bei den weitaus
meisten Kleinbetrieben der Fall, und ein Theil derselben erreicht ein Verhältniß des
Getreideverkaufes, wie wir S. 6 gesehen haben, das selbst dem Mittel des Großgrund=
besitzes nahe kommt, in einzelnen Fällen es sogar übersteigt.

Die Mittel= und Großbauern stehen mit den Durchschnittszahlen ihres verkäuflichen
Antheiles der Ernte dem größeren und Groß=Grundbesitz fast ganz gleich. Auf die Differenz
zwischen 50 resp. 51,1 und 56,63 ist bei der Größe der Schwankungen innerhalb der einzelnen
Kategorien ein sehr erhebliches Gewicht nicht zu legen; jedoch scheint mir aus diesen Zahlen
hervorzugehen, daß die größeren Güter immerhin wenigstens einige Procente der Ernte
durchschnittlich mehr zu Markte bringen, als der bäuerliche Besitz. Diese Differenz ist jedoch
nicht in der Natur des kleineren Besitzes, sondern ist in dem Umstande begründet, daß der
Großbesitzer ohnstreitig von den Fortschritten wissenschaftlicher Erkenntniß und
technischer Vervollkommnung des Betriebes durchschnittlich mehr sich angeeignet hat,
als es bislang bei dem bäuerlichen Landwirth der Fall ist. Um nur einige Momente hervor=
zuheben, sei darauf hingewiesen, wie in Bezug auf rationelle Fruchtfolge, angemessene Behandlung
des Stalldüngers, zweckmäßige Anwendung künstlicher Düngemittel, vorsichtige Vertiefung der
Ackerkrume, sorgfältige Auswahl der für die einzelne Oertlichkeit einträglichsten Varietäten der
anzubauenden Pflanzen, Beschaffung besten Saatgutes, Vorbeugung von Krankheiten der Kultur=
pflanzen, energischer Bekämpfung der Unkräuter, Beseitigung schädlicher Nässe durch Drainage 2c.
noch viel zur Hebung des Betriebes bei dem kleineren Besitz geschehen kann. Insbesondere
ist auch noch zu erwähnen, daß bei demselben nicht selten ein erheblicherer Theil der Körner
des Halmgetreides für das Vieh verwandt wird, als wirklich räthlich ist. Anstatt bei dem
meist zu weiten Nährstoffverhältniß der Futterrationen, namentlich des Milchviehes durch Bei=
fütterung der stickstoffreichen Rückstände der technischen Verarbeitung von Getreide und Oelfrüchten,
also durch Verwendung von Kleien und Preßkuchen, die Ausnutzung des Futters und Steigerung
der Production zu fördern, verfuttert man oft große Mengen von Getreideschrot zum Nachtheil
der Futterausnutzung und zur Schädigung der Rente. Dadurch wird aber dem Markte ein
nicht unerheblicher Theil des Getreides entzogen, der zweckmäßiger zum Vortheil des
Einzelnen wie des Allgemeinen der menschlichen Consumtion dienstbar gemacht würde. Wenn
das dem verkauften Getreide entsprechende Quantum an Kleien zurückgekauft und dies protein=
reichere Kraftfutter noch etwas durch Oelkuchen verstärkt wird, dann bleibt ein erheblicher
Theil des baaren Erlöses übrig, die Fütterung gestaltet sich dem Nährzweck angemessener und
höhere thierische Production sowie ein gehaltreicherer Dünger lohnen doppelt ein solch zweck=
entsprechenderes Verfahren. — Durch Verbreitung besserer Einsicht wird es allmählich gelingen,
auch dem bäuerlichen Wirth die Vortheile eines rationelleren Betriebes zu eigen zu machen,
und dann wird sicher seine Verkaufskraft für Versorgung des Getreidemarktes
durchschnittlich sich noch höher stellen, als es bei dem Großbetriebe der Fall ist.
weil mit diesem meist technische Gewerbe verbunden sind und weil das für dieselben zu erbauende
Rohmaterial die für den Getreidebau zu bestimmende Fläche vermindert. Daß dies nicht bloße
Conjectur ist, sondern den thatsächlichen Verhältnissen entspricht, dürfte aus folgender Übersicht
der Erträge und des verkäuflichen Ernteantheiles bei 7 Gütern der Provinz Sachsen hervor=
gehen, die den Kleinbesitz wie den größeren Grundbesitz repräsentieren und unfern von einander
gelegen sind, also unter wesentlich gleichen allgemeinen wirthschaftlichen Verhältnissen ihren
Betrieb entwickelten.

2*

Nr. des Gutes.	Landwirth= schaftlich genutztes Areal. ha	Jahrgang.	Ernte an Halmgetreide und Hülsenfrüchten. Ctr.	Verkauft wurden Ctr.	Verkauf an Körnern des Halmgetreides und der Hülsenfrüchte.	
					pro Hektar jährlich Ctr.	pro Hektar durchschnittlich Ctr.
1.	4,85	1882/83	148,54	94,20	19,42	21,19
	„	1883/84	169,71	111,42	22,97	
2.	5,62	1882/83	150,03	101,26	18,02	18,79
„	„	1883/84	157,92	109,96	19,56	
3.	26,55	1882/83	907,68	559,63	21,08	19,55
„	„	1883/84	842,16	478,77	18,03	
4.	39,32	1882/83	1250,74	936,22	23,81	25,70
„	„	1883/84	1362,00	1084,72	27,59	
5.	280,85	1881/82	7452,56	5232,03	18,62	17,70
„	„	1882/83	9227,69	4713,00	16,78	
6.	408,52	1881/82	7708,40	4945,03	12,10	13,09
„	„	1882/83	9399,52	6305,05	15,43	
„	„	1883/84	8032,52	4781,64	11,74	
7.	495,32	1881/82	13228,00	7475,00	15,09	14,66
„	„	1882/83	13696,00	6344,00	12,81	
„	„	1883/84	14289,00	7972,00	16,09	

Faßt man diese Ergebnisse nach den von uns angenommenen Kategorieen zusammen, so verkauft von vorstehenden Gütern

der Kleinbauer (m. 2—5 ha Areal) . . . . 21,19 Ctr. pro ha

= Mittelbauer (= 5—20 = =) . . . . 18,79 = = =

= Großbauer (=20—100 =) im Durchschnitt zweier Wirthschaften 22,62 = = =

bäuerlicher Besitz im Mittel . . . . 20,87 Ctr. pro ha

Großgrundbesitz (über 100 ha) im Durchschnitt von 3 Wirthschaften 15,15 = = =

Diese Zahlen zeigen zunächst, wie hoch die Productionsfähigkeit des Bodens in der Provinz Sachsen entwickelt ist. Es steht jedoch die Provinz Schlesien nicht erheblich nach. Die auf Seite 8 aufgeführten sieben schlesischen größeren Güter umfassen zusammen 1589,88 ha und verkauften durchschnittlich pro Jahr 17174,10 Ctr., pro Hektar also 10,83 Ctr. Bei einzelnen Wirthschaften steigt das Verhältniß bis zu der Höhe von 14,4 Ctr. pro Hektar und kommt damit den beiden größten Gütern (Nr. 6 u. 7) der Provinz Sachsen völlig gleich. — Besonders bedeutsam aber ist, daß die obigen Zahlen zeigen, wie in der Provinz Sachsen auch der bäuerliche Besitz die Fortschritte der Cultur in trefflichster Weise sich angeeignet hat. Da bei demselben Zuckerrübenbau nur in beschränktem Maße oder gar nicht stattfindet, so liefert er weit mehr Getreide an den Markt, als der Großbetrieb; er verkauft nach obigem Verhältniß 37,7% mehr Getreide pro Hektar als dieser! — Besonders auffällig ist dabei, daß der Besitz unter 5 ha, dem eine Möglichkeit zum Verkauf gewöhnlich ganz abgesprochen wird, gegen den Großbetrieb sogar 39,8% mehr zu Markt bringt. Da ein solches Resultat allen bisherigen Annahmen entgegensteht, so dürfte es zweckmäßig sein, von den beiden Wirthschaften aus der

Kategorie der Kleinbauern und Mittelbauern die speciellen Zahlen anzuführen. Ich gebe sie so, wie sie mir pro preußischen Morgen mitgetheilt wurden.

A. Kleinbetrieb 19 Morg. mit (4,85 ha); es wurden im Jahrgang 1882/83 angebaut und geerntet:

Weizen	1	Morg. —	13,68 Ctr.
Roggen	4	= —	63,84 =
Gerste	4	= —	50,32 =
Hafer	2½	= —	20,70 =
Kümmel	1½	= —	13,50 =

Außerdem: Kartoffeln 1½ Morg.; Rüben 1 Morg.; Klee 3½ Morg.

Zur Saat wurden von dem Getreide verwendet .	8,32 Ctr.;
für den Haushalts= und Wirthschaftsbedarf . . .	46,02 =
verkauft	94,20 =
Sa.:	148,54 Ctr.

Im Jahrgang 1883/84 wurden gebaut und geerntet:

Weizen	1	Morg. —	14,87 Ctr.
Roggen	5½	= —	83,16 =
Gerste	4	= —	53,28 =
Hafer	2½	= —	18,40 =

Außerdem: Kartoffeln 1½ Morg., Futterrüben 1 Morg., Klee 3½ Morg.

Zur Saat verwandt	10,00 Ctr.
für Haushalts= und Wirthschaftsbedarf .	48,29 =
verkauft	111,42 =
Sa.:	169,71 Ctr.

B. Bäuerlicher Besitz mit 22 Morg. (5,62 ha) Im Jahrgang 1882/83 wurden angebaut und geerntet:

Weizen	1	Morg. —	12,75 Ctr.
Roggen	4	= —	60,48 =
Gerste	4	= —	47,36 =
Hafer	4	= —	29,44 =
Kümmel	2	= —	16,00 =

Außerdem: Klee 3 Morg.; Kartoffeln 3 Morg.; Futterrüben 1 Morg.

Zur Saat verwendet vom Getreide	9,01 Ctr.
für Haushaltungs= und Wirthschaftsbedarf .	39,76 =
verkauft	101,26 =
Sa.:	150,03 Ctr.

Im Jahrgang 1883/84 wurden angebaut und geerntet:

Weizen	1	Morg. —	13,60 Ctr.
Roggen	4	= —	63,84 =
Gerste	4	= —	47,36 =
Hafer	4	= —	33,12 =
Kümmel	1	= —	9,00 =

Außerdem: Klee 3 Morg.; Kartoffeln 3 Morg.; Futterrüben 2 Morg.

Zur Saat verwendet vom Getreide . . .   9,01 Ctr.
für Haushaltungs- und Wirthschaftsbedarf . 38,95   =
verkauft   109,96   =
                                  Sa. 157,92 Ctr.

Daß die hier angegebenen Erträge für die hiesige Provinz keine abnormen sind, vermag ich nach eigenen auf dem Versuchsfelde des landwirthschaftlichen Instituts der Universität zu Halle gewonnenen Erfahrungen zu bestätigen. Dasselbe umfaßt gegenwärtig 80,6 ha und konnte durch eine glückliche Fügung der Umstände so gewählt werden, daß es sämmtliche Bonitätsclassen der hallesche Flur von den besten bis zu den geringsten umschließt — ein Umstand, der für die Demonstrationszwecke beim Unterricht, wie für Beobachtung und Untersuchung nach den mannigfaltigsten Seiten hin von nicht hoch genug zu schätzendem Werth ist. Es wird Alles nach Gewicht und chemischem Gehalt genau festgestellt, was auf die einzelnen Feldabtheilungen gelangt und was von denselben zurückgewährt wird. Bei der Getreideernte findet insofern eine doppelte Bestimmung statt, als bei dem Einfahren zunächst das Gesammterntegewicht (nebst Trockensubstanzgehalt) für jede Feldabtheilung und dann beim Dreschen das Körner-, Spreu- und Strohgewicht ermittelt wird, woran sich dann die specielleren analytischen Bestimmungen schließen. Der Boden des Versuchsfeldes gehört ausschließlich der Formation des im norddeutschen Flachlande so allgemein verbreiteten mittleren Diluviums an und enthält ebenso dessen reichste, zu dem humosen Lehm- und Lehmmergelboden gehörigen Modificationen, wie die geringsten Abänderungen mit durchragendem Diluvialmischsand. — Hier wurden nun bei angemessener Cultur und Düngung, nicht auf kleinen Versuchsparcellen, sondern auf größeren Feldabtheilungen ganz analoge Erträge gewonnen, wie sie aus obiger Zusammenstellung für beide Güter pro Morgen sich berechnen. Zur besseren Vergleichung führe ich die ermittelten Erträge nach demselben Flächenmaße an. So ergab auf unserem Versuchsfelde der Weizen im Jahre 1884 von einer 5,2 Morgen großen, bei Regulirung der Grundsteuer zur III. Bonitätsclasse eingeschätzten Fläche nach Maßgabe des Gesammtdrusches pro Morgen durchschnittlich 13,99 Ctr. Vom Roggen wurde in demselben Jahre nach vorausgegangenem Wundklee bei einem Dreiviertel zur IV., zu Einviertel zur III. Bonitätsclasse eingeschätzten Gewende von 7 Morg. 16,7 ☐R. pro Morg. 17,91 Ctr. geerntet. Von einem anderen 8 Morg. 9 ☐ R. großen Feldtheile, der zu Vierfünftel zur IV. und zu Einfünftel zur V. Bonitätsclasse gehört, wurde nach Wundklee und Futtergemenge 16,70 Ctr. Roggen pro Morg. erdroschen. Ein Schlag von 7 Morg. 127 ☐R., der zur V. Classe eingeschätzt ist, ergab bei der Folge von Roggen auf Roggen (als gedüngter Stoppelroggen) pro Morg. 14,33 Ctr. An Gerste wurde in demselben Jahrgange von 11 Morg. 56 ☐ R. IV. Bonität durchschnittlich pro Morg. 14,36 Ctr. gewonnen. Eine andere Fläche gleicher Bonität ergab von 8 Morg. 59 ☐ R. pro Morgen 13,20 Ctr. Gerste. Im Jahre 1883 gab eine gleichgroße Fläche derselben Bonität 15,68 Ctr. und eine Feldabtheilung der II. Bonitätsclasse angehörig, ertrug bei der im Interesse der Nematoden-Vertilgungsversuche ausgeführten Folge von Gerste nach Gerste (mit einer Fangpflanzensaat im Herbst des Vorjahres) von 7 Morg. 121 ☐R., durchschnittlich pro Morg. 16,89 Ctr.! Diese Beispiele werden genügen. Sie zeigen Erträge, wie sie auch sonst in der Provinz Sachsen und zum Theil noch höher gewonnen werden; ich glaubte sie aber als Ergebnisse eigener Wahrnehmungen anführen zu sollen, um dem Bedenken zu begegnen, daß es sich bei den oben mitgetheilten Ertragsverhältnissen zweier bäuerlicher Güter möglicherweise um Ausnahmeverhältnisse handeln könnte. Dies ist in der That nicht der Fall, es sind jene bäuerlichen Besitzungen vielmehr typisch für einen hoch entwickelten, aber in hiesiger Gegend schon allgemeiner verbreiteten Stand der Cultur des kleineren Betriebes und lassen darüber keinen Zweifel, daß bei intensiverer Cultur der bäuerliche Besitz jeder Kategorie eine größere Menge verkäuflichen Getreides zu erzeugen vermag, als der Groß= grundbesitz. Während der Letztere durch Ausdehnung des Betriebes landwirthschaftlich tech= nischer Gewerbe eine lohnendere Kapital= und Arbeitsverwendung zu erlangen sucht, bleibt der kleinere Besitz nach wie vor neben mäßiger Ausdehnung der Viehzucht und theilweisem Anbau von Handelsgewächsen vorzugsweise auf Körnerfruchtbau angewiesen und muß in diesem die Haupt= quelle seiner Einnahme suchen. — Noch möchte ich hier einem weiteren möglicherweise auftauchenden Bedenken begegnen. Man könnte glauben, daß jene höheren Erträge lediglich Folge des Umstandes seien, daß durch den ausgedehnten Zuckerrübenbau der Boden eine außerordentliche Ertragsfähigkeit erlangt habe. Dies ist aber keineswegs der Fall. Wohl verdankt die Provinz Sachsen dem Zuckerrübenbau den Anstoß zu einer vervollkommten Bodencultur, aber diese hat sich auch auf Böden und Wirthschaften übertragen, die keinen Zuckerrübenbau treiben, wie dies auch bei den oben angeführten beiden bäuerlichen Besitzungen der Fall ist, auf denen die Zucker= rübe nicht cultivirt wird und die dennoch so vortreffliche Erträge zeigten. Denselben Umstand muß ich auch für den größeren Theil des Versuchsfeldes vom landwirthschaftlichen Institut in Anspruch nehmen. Zu diesem gehören allerdings einige Flächen, auf denen ein sehr intensiver Zucker= rübenbau stattgefunden hat und die deshalb zu den rübenmüdesten, d. h. an Rüben=Nematoden reichsten Böden der ganzen Provinz Sachsen gehören. Ich suchte sie mit zu erlangen, um auf ihnen die Nematodenvertilgungsversuche ausführen zu können. Der übrige größere Theil des Versuchs= feldes dient außer einem umfänglichen statischen Versuch auf 6 ha dem Futter= und Getreidebau, um durch selbst erzeugtes Futter und Stroh nicht nur eine billigere, sondern bezüglich der Qualität der Futtermaterialien bessere Ernährung des ca. 80 Stück Großvieh umfassenden Bestandes im Hausthiergarten des Instituts durchführen zu können, als bei ausschließlichem Futterankauf möglich ist. Zuckerrübenbau fand daher auf diesem Theile des Versuchsfeldes gar nicht oder nur ausnahmsweise statt für die Zwecke vergleichender Versuche. So hat der Acker, von welchem oben der höchste Roggenertrag von 17,91 Ctr. pro Morgen angeführt wurde, nur einmal seit 15 Jahren Zuckerrüben getragen; das Feld, von dem ein Stoppelroggenertrag von 14,33 Ctr. mitgetheilt ward, wurde niemals mit Zuckerrüben bebaut, es würde seiner Bonität nach sich zu einer lohnenden Cultur dieser Frucht auch gar nicht eignen. Somit ist nicht Zuckerrübenbau, sondern **rationelle Cultur überhaupt** Bedingung höherer Erträge, die auch dem Kleinbesitz in größter Allgemeinheit zu eigen gemacht werden kann und die ihn bezüglich des Getreides zu einer Verkaufskraft befähigen kann, welche weit über die des Großgrundbesitzes hinauszugehen vermag. Dies ist aber von eminenter volkswirthschaftlicher Bedeutung, denn der kleinere Besitz von 2—100 ha umfaßt 22 906 616 ha der landwirthschaftlich genutzten Fläche des deutschen Reiches gegenüber von nur 7 852 385 ha des größeren Besitzes! Durch diesen ist eine dauernde Steigerung der Getreideproduction nicht zu erwarten. Eine solche Steigerung kann vorübergehend eintreten in Folge der gegenwärtigen Krisis der Zuckerfabrikation; sie wird aber alsbald schwinden, sowie die Krisis überwunden ist. Der größere Besitzer sucht ganz sachgemäß die Rente seines Betriebes vorzugsweise zu sichern durch Production von Zucker, Stärke und Spiritus. Den Anforderungen einer solchen Betriebsrichtung entsprechen die umfänglicheren Betriebsmittel, das höhere Betriebskapital und der größere Credit des Großgrundbesitzes. Dieser erfüllt damit eine besondere nationale Aufgabe indem er nicht nur den heimischen Consum der bezeichneten Art befriedigt, sondern auch das Ausland uns tributpflichtig macht für Erzeugnisse, die wir in ungemessenen Mengen auf den fremden Markt bringen können, ohne der Bodenkraft des eigenen Landes den geringsten Abbruch zu thun: denn jene Erzeugnisse enthalten nichts als die Bestandtheile der Kohlensäure und des Wassers der Atmosphäre. Dem bäuerlichen Besitz ist diese Productionsrichtung wenigstens in allgemeinerer Ausdehnung verschlossen, und wo nicht ausgedehnte Wiesen und Weiden die Viehzucht einseitig begünstigen, ist er zum Futterbau auf dem Felde gedrängt, also zum Anbau von Klee, Luzerne, Esparsette und bei leichterem Boden von Spörgel, Serradella und Lupinen. Zu einseitiger Bevorzugung im Anbau-verhältniß sind die letzteren Pflanzenarten nicht einträglich genug und bei den ersteren werth-vollsten Futterpflanzen verbietet dies ihre Unverträglichkeit mit sich selbst. Sie dürfen erst nach mehreren Jahren auf demselben Felde wiederkehren und damit ist von selbst eine Beschränkung ihres Anbauverhältnisses gegeben. Dadurch wird jene bei dem bäuerlichen Besitz verbreitete Betriebsweise bedingt, bei welcher eine mäßige, oft freilich noch allzusehr ermäßigte Viehhaltung mit überwiegendem Körnerfruchtbau verbunden ist und bei der zum Theil auch ein beschränkter Handelsgewächsbau mit Berücksichtigung findet. In welchem Verhältniß hierbei der Getreide-bau Ausdehnung findet, geht am besten daraus hervor, daß nach den im Jahre 1878 aus-geführten Erhebungen im deutschen Reich 58,6 % der Ackerfläche mit Halmgetreide und Hülsen-früchten bebaut wurde. Erwägt man, daß der Großgrundbesitz wegen des Anbaues der Zuckerrüben und Brennkartoffeln hinter diesem mittleren Verhältniß zurückbleibt und daß bei dem Land-wirthschaftsbetriebe im Gebirge und in den Küstenstrichen der Getreidebau in noch erheblicherem Verhältniß zurücktritt, so bedingt dies, daß bei dem kleinen und mittleren Besitz ein noch weit höheres Anbauverhältniß von Halm- und Hülsenfrüchten vorhanden sein muß, als jene Durchschnittszahl zeigt. Es erreicht hier das Anbauverhältniß sicher 60 % und noch etwas darüber. Bei so erheblichem Procentsatz des Getreidebaues gewinnt der Umstand um so größere Bedeutung, daß der kleinere, zwischen 2—100 ha liegende, also wesentlich bäuerliche Besitz die weitaus größte Kulturfläche bewirthschaftet und daß bei wachsender Einsicht deren Ertragsfähigkeit zu einer von Vielen nicht geahnten Höhe geführt werden kann. In Folge dessen stützt sich auf den bäuerlichen Besitz vorzugsweise die Hoffnung, daß wir auch bei wachsender Bevölkerung die Möglichkeit gewinnen werden, den Hauptantheil zur Befriedigung des Bedarfes an täglichem Brot auf eigenem Grund und Boden zu erzeugen, und daß wir somit durch denselben eine der wichtigsten Grundlagen der Selbstständigkeit und Unabhängigkeit des Vaterlandes zu bewahren vermögen. Wenn aber diese Grundlage nationaler Wohlfahrt erhalten bleibt, dann sind auch Zeiten nicht zu fürchten, wo etwa unsere Häfen blokirt und wir nicht mehr von friedlichen Nachbarn umgeben sein könnten — wir werden sie bei einiger Einschränkung auch ohne fremdes Getreide glücklich überstehen. Es soll dieses nach wie vor in Concurrenz mit der heimischen Production treten, aber diese muß sich so gestalten, daß das fremde Getreide im Nothfall ohne erheblichen Nachtheil entbehrt werden kann. Zu solcher Sicherung unserer nationalen Entwicklung muß vorzugsweise der Fortschritt der Kultur auf dem bäuerlichen Besitz führen, aber es wird dies nur der Fall sein, wenn die Production desselben wirthschaftlich möglich, wenn sie ausreichend lohnend bleibt. Jede intensivere Kultur schließt höheres Risico ein, es wird neben der nie zu vernach-lässigenden Vorsicht Muth und Zuversicht dazu erfordert. Wie sollen diese sich aber vorfinden, wenn die ungehemmte Ueberflutung des Marktes mit fremdländischem Getreide den Kornpreis unter den Betrag der Productionskosten herabdrückt, wenn in Folge dessen der jede frische Thatkraft lähmende Gedanke Platz greift, daß doch Alles vergebens sei, weil das eigene Erzeugniß möglicher Weise durch Ueberfüllung des Marktes mit fremder Waare einer immer steigenden Entwerthung ausgesetzt werde? Weder die Landwirthschaft im Allgemeinen noch der bäuerliche Besitzstand insbesondere bedarf zur Erhaltung und gedeihlichen Weiterentwicklung eines erfolgreichen Wirthschaftsbetriebes der Staats-Unterstützung im Sinne einer extraordinären Hülfe, wohl aber bedürfen beide des staatlichen Schutzes gegenüber der Ueberproduction des Auslandes, genau so wie es bei jeder anderen Productionsrichtung, wie es bei der Industrie der Fall ist. Und solchen Schutz vor fortschreitender Entwerthung des selbsterzeugten Getreides vermag nur eine Maßnahme wirksam zu gewähren: die angemessene Erhöhung der Getreidezölle! Diese wird der gesammten Landwirthschaft zu Gute kommen, vorzugsweise aber dem bäuerlichen Landwirth von dauerndem Nutzen sein, und damit zugleich der Wohlfahrt des ganzen Landes für Gegenwart und Zukunft zum Vortheil gereichen.

Wie sehr der durch eine angemessene Erhöhung des Getreidezolles der Landwirthschaft gewährte Schutz ganz besonders für den kleineren Landwirth ins Gewicht fällt, erhellt auch noch aus zwei weiteren Gesichtspunkten.

Bei der gegenwärtigen Entwickelung des Getreidehandels und der Mühlenindustrie ist für größere Quantitäten gleichartigerer Waare durchschnittlich ein nicht unerheblich höherer Preis zu erlangen, als für kleinere Quantitäten. Der bäuerliche Landwirth ist nach dieser Seite hin in ungünstiger Lage als der Großgrundbesitzer und diese ist für den ersteren um so benachtheiligender, je mehr er aus einem ausgedehnten Getreidebau die Hauptnutzung seiner Wirthschaft zu gewinnen genöthigt ist. Solange das Getreide gefragt ist, wirkt der bezeichnete Umstand jedoch bei weitem weniger intensiv ein als bei ungünstigerem Stande des Marktes. Wird dieser aber nun vollends durch massenhafte Zufuhr fremden Getreides überfüllt, dann sind kleinere Posten auch bei befriedigender Qualität nur zu äußerst gedrückten Preisen abzugeben und in solchen Perioden kann in der That der Fall eintreten, wie darauf auch in den Badenschen Berichten und in den Verhandlungen der landwirthschaftlichen Centralstelle Württembergs hingewiesen wurde, daß das Getreide des bäuerlichen Besitzers geradezu unverkäuflich oder doch nur zu einem weit niedrigeren Preise verwerthbar wird, als ihn in solchen Zeitläufen der Großgrundbesitzer noch zu erzielen vermag. Bei erheblicherem Rückgang der Preise leidet der Bauer zuerst und am meisten und der dadurch bewirkte Druck auf Verwerthbarkeit kleinerer Quantitäten ist für ihn noch viel nachtheiliger als der zu gleicher Zeit herrschende niedrige Durchschnittspreis für den Großgrundbesitzer. Die Zollerhöhung wird dieses dem kleineren Besitzer so ungünstige Verhältniß durch Beschränkung der Hochfluthen des Getreideimportes mildern; tritt dann noch die Bildung von Verkaufsgenossenschaften hinzu, so kann die Sachlage für den bäuerlichen Besitzer vortheilhafter und den Verhältnissen des Großgrundbesitzers analoger sich gestalten.

Noch weit mehr fällt folgender Umstand ins Gewicht, der die Erhaltung eines angemessenen Getreidepreises durch Erhöhung der Zölle im Interesse des Bauernstandes zur dringendsten Nothwendigkeit macht. — Die in Grund und Boden angelegten Kapitalien gewähren auch bei den größeren Gütern im Allgemeinen nur einen sehr mäßigen Zins; noch weit geringer ist derselbe aber bei dem bäuerlichen Besitz. Dies bestätigen, wenn auch in einem etwas extremen Verhältniß die S. 9 angezogenen „Ergebnisse der Erhebungen über die Lage der Landwirthschaft im Großherzogthum Baden vom Jahre 1883." Es finden sich daselbst in Anlage VI. Col. 28 die bezüglichen Angaben für 70 badensche Klein-, Mittel- und Großbauerngüter zusammengestellt. 28 Wirthschaften gewähren gar keine Rente für das in den Liegenschaften steckende Kapital, bei 37 Wirthschaften schwankt die Rente dieser Art von 0,09 bis 2,85 % und nur bei 5 Wirthschaften übersteigt dieselbe die Höhe von 3 %. Mag immerhin diesen Zahlen gegenüber auf die Schwierigkeiten von landwirthschaftlichen Rentabilitätsberechnungen hingewiesen werden können und mögen auch die Verhältnisse nicht überall gleich ungünstig

3

liegen, so ist doch nicht zu verkennen, daß bei dem bäuerlichen Besitz die Verzinsung der in Grund und Boden niedergelegten Kapitalien durchgängig eine noch weit ungünstigere ist, als bei dem Großbetriebe. Leider ist auch von der Zukunft eine sehr erhebliche Besserung dieses Verhältnisses nicht wohl zu erwarten, da die bedingenden Ursachen mit den Eigenthümlichkeiten des kleineren Besitzes eng verknüpft sind. Selbst die intensivere Kultur und Steigerung der Roherträge wird in dieser Beziehung nicht erhebliche Veränderungen bringen. Sie wird wohl das mehrverwandte Betriebscapital verzinsen und bei Erhaltung angemessener Getreidepreise eine etwas bessere Arbeitsrente gewähren, aber der Zins für das in dem Grund und Boden und in den Gebäuden steckende Capital wird dauernd ein niedriger bleiben.

Es ist dies in den bei dem Kleinbesitz relativ höheren Preisen von Grund und Boden begründet, welche einerseits Folge der größeren Concurrenz der Bewerber sind, andererseits aber durch den Umstand hervorgerufen werden, daß der bäuerliche Wirth in seinem Besitz weniger eine hohe Verzinsung des Anlagecapitales als einen selbstständigen Wirkungskreis für seine und seiner Familie Arbeitskraft zu erlangen strebt und sich dabei auch noch mit einem sehr mäßigen Arbeitslohn begnügt. Er findet seine Befriedigung in der unabhängigen Stellung und in der Eigenartigkeit seiner Wirksamkeit. Ein Bauer, der seine Steuern und Zinsen rechtzeitig bezahlt, ist ebenso „Herr" in seinem Gebiete, wie der Großgrundbesitzer und ist es oft in noch vollerem Sinne weil er in der That alle Verhältnisse beherrscht und den Betrieb in allen seinen Theilen nach eigenstem Ermessen und unter seiner steten persönlichen Mitwirkung gestaltet. Die den Körper stählende, Geist und Herz erquickende stete Thätigkeit in Gottes freier Natur, das Fruchtbringende landwirthschaftlicher Arbeit, wie es in der Entwickelung der selbstbeschickten Saat, in dem Gedeihen der von eigener Hand gepflegten Thiere sich ausprägt, geben einem derartigen praktischen Wirken einen reichen inneren Lohn, der nicht in Reflexionen zum Ausdruck kommt, wohl aber in der Tiefe des Gemüthes wurzelt und volles Genügen gewinnen läßt, wenn auch der äußere Erfolg in klingender Münze ein weniger günstiger ist, als bei den meisten anderen Berufsarten. Dies gilt von der Landwirthschaft überhaupt, insbesondere aber auch von dem Bauernstande, in dessen kernhafter Tüchtigkeit der Urquell nationaler Kraft und Stärke ruht, aus dem sich alle anderen Stände regeneriren. Je höher wir aber die Bedeutung des Bauernstandes zu schätzen haben, um so wichtiger ist es, daß ihm der ohnehin karge äußere Lohn für seine Arbeit nicht ungebührlich verkürzt und er dadurch nicht in seiner Existenzfähigkeit bedroht werde. Für den freien Arbeiter in der Stadt wie auf dem Lande entscheiden stricte Gesetze über die Lohnbildung. Sinkt der Preis der Nahrungsmittel, so bleibt dies auf die Dauer nicht ohne Einfluß auf die Höhe des Lohnes, er wird niedriger; und andererseits steigt er ohnfehlbar, wenn dauernd ein höherer Brotpreis sich befestigt. Für den eigentlichen Arbeiter liegt in diesen allgemeinen Verhältnissen eine gewisse Sicherung, wenn auch immerhin bei plötzlichen Geschäftsstockungen die momentane Noth des Arbeiterstandes groß genug sein und die specielle Fürsorge des Staates erfordern kann. Bei der Arbeit aber, die der bäuerliche Stand zu leisten hat, giebt es keine ausgleichenden Gesetze der Lohnbildung, da schwankt mit dem Preise der Erzeugnisse und in erster Linie mit dem Getreidepreise direct und unmittelbar die Höhe des Verdienstes. Da nun dieser ohnehin schon bei normalem Preisstande nur ein sehr niedriger ist, so kommt bei einem erheblichen Preisrückgange der Bauer sehr bald zum Leiden. Es sinkt dann für ihn und seine mitarbeitenden Familienglieder der Verdienst weit unter den gewöhnlichen Tagelohnsatz. Wegen der Entwerthung des Getreides muß mehr verkauft werden, um nur die nothwendigsten baaren Auslagen decken zu können, und der Bauer ist schließlich genöthigt, trotzdem er Producent ist, sich und den Seinen am Munde abzudarben, was zur Deckung der Steuern und Abgaben erforderlich wird. Solchen Zuständen vorzubeugen, ist um so dringendere Pflicht, als es sich dabei um die Wohlfahrt eines sehr bedeutenden Theiles der Bevölkerung handelt. Die den bäuerlichen Besitz umschließenden Wirthschaften von 2—100 ha ergeben nach der S. 4 mitgetheilten Zusammenstellung 2 241 036 einzelne Betriebe. Bei den oben erwähnten 70 bäuerlichen badenschen Wirthschaften berechnen sich nach der angezogenen Quelle für die einzelne Wirthschaft durchschnittlich 3,6 arbeitende Familienglieder (Bauer, Bäuerin und mitarbeitende Söhne und Töchter). Dieser Betrag wird als ein allgemeines Mittel angesehen werden können und es ergeben sich in Folge dessen für den bäuerlichen Besitz 8 067 730 arbeitende Familienglieder, deren Lohneinkommen direct von dem Getreidepreis bedingt ist. Diesen auf einer angemessenen Höhe zu erhalten, resp. zu einer solchen zurückzuführen, ist der Zweck der Getreidezollerhöhung. Dieselbe kommt somit nicht nur den 25 459 Eigenthümern des größeren und Großgrundbesitzes, **sondern in viel höherem Maße den 317 mal zahlreicheren bäuerlichen Besitzern und ihren Familiengliedern zu gute.** Da für die letzteren, wie wiederholt hervorgehoben ward, aber nicht genug betont werden kann, in den bei weitem meisten Fällen der Getreidebau die Hauptquelle der Einnahme bleibt, so ist deren Betrag von einem angemessenen Getreidepreis unmittelbar abhängig. Je mehr derselbe bei ungenügendem Schutz durch ungehemmten Import fremden Getreides sinkt, um so mehr geht das Einkommen jener 8 Millionen unter den gemeinen Tagelohn herab, und mehr und mehr muß Noth und Sorge in die Hütten derer einkehren, von denen wir nicht nur rühmen können, daß in ihren Adern ein wesentlicher Theil des gesundesten und kräftigsten deutschen Blutes rollt, sondern daß auf ihrer fortschreitenden Betriebsamkeit hauptsächlich die Hoffnung für ausreichende Ernährung selbst einer erheblich vermehrten Bevölkerung sich stützt, wodurch auch für die Zukunft die Selbstständigkeit und Größe unseres Vaterlandes eine der wichtigsten Grundlagen gesichert findet! Damit soll nicht gesagt sein, daß die Erhöhung der Getreidezölle für die größeren und Großgrundbesitzer bedeutungslos sei, sie ist nur für diese von minder einschneidender Bedeutung. Der Betrieb des Großgrundbesitzes ist ein viel seitigerer, seine Rente hängt daher weniger einseitig von dem Getreidepreis ab. Der Großgrundbesitzer kann auch leichter mit Hülfe des Betriebes landwirthschaftlich technischer Gewerbe der Viehhaltung eine größere Ausdehnung geben, er kann ferner bei weiter sinkenden Getreidepreisen die Wirthschaftsorganisation extensiver gestalten und vermag unter geringerer Verwendung von Capital und Arbeit eine zwar verminderte, aber immerhin noch einigermaßen befriedigende Rente zu gewinnen. All diese Auswege zum Begegnen der durch zu niedrige Getreidepreise hervorgebrachten Calamität vermag dagegen der Kleinbesitzer nicht zu betreten, für ihn ist daher der in der Erhöhung der Getreidezölle gegebene Schutz eine wirkliche Lebensfrage. Und dieser Schutz für treue hochbedeutsame Arbeit, wie sie die gesammte Landwirthschaft und insbesondere der Bauernstand dem Gemeinwohle leistet, kann gewährt werden, ohne daß irgend ein anderer Stand benachtheiligt wird, ohne daß die Interessen der Arbeiter, Bürger und Beamten eine Beeinträchtigung erfahren! Bezüglich der Arbeiter ward schon oben erwähnt, daß sie von anhaltend höheren Brotpreisen keinen dauernden Nachtheil haben könnten, weil ohnfehlbar Erhöhung des Lohnes die Folge davon sein würde. Es vollziehen sich solche Umwandlungen jedoch langsam und so könnten die Arbeiter wenigstens vorübergehend benachtheiligt werden und wer möchte selbst hierzu seine Hand bieten? Wäre mit der Zolltarifnovelle eine derartige Gefahr verknüpft, sie würde gewiß nicht die Sanction **Sr. Majestät unseres erhabenen Kaisers und Königs** erlangt haben, dessen Allerhöchste Botschaft vom 17. November 1881 in landesväterlicher Fürsorge ausdrücklich „positive Förderung des Wohles der Arbeiter" verheißt. Und ebensowenig würden die verbündeten Regierungen den Bundesrath zur Zustimmung einer solchen Gesetzesvorlage ermächtigt haben. — Es ist sehr beklagenswerth, daß durch eine irrthümliche Auffassung der Sachlage die Meinung verbreitet worden ist, als ob bei der Erhöhung der Getreidezölle es sich nur um den Vortheil eines geringen Bruchtheiles der Bevölkerung handele. Wäre dem so, dann würde allerdings „das

Rechtsbewußtsein in der Masse von Millionen unserer Arbeiterbevölkerung gegenüber dieser Zollvorlage" verletzt werden. Aber wir haben an der Hand thatsächlicher Ermittelungen gefunden, daß jene Voraussetzung durchaus unzutreffend ist, daß es sich hier nicht um Begünstigung Weniger, sondern um die Interessen der gesammten Landwirthschaft und hauptsächlich um dringende Hülfe für jene 8 Millionen bäuerlicher Arbeiter handelt, die doch auch wie jeder andere Arbeiter ihres Lohnes werth zu erachten sind! Und dieser an sich niedrige Lohn soll dem Bauer und seinen mitarbeitenden Familiengliedern gewahrt werden, ohne daß irgend ein anderer Stand und am allerwenigsten die Arbeiterbevölkerung benachtheiligt werde. Denn darüber kann doch kein Zweifel obwalten, daß eine Zollerhöhung, welche eine wirkliche Vertheuerung der Lebensmittel herbeiführte, die ungünstigste Errungenschaft für die Landwirthschaft sein müßte, die ihr nichts anderes als die bitterste Enttäuschung bringen könnte. Durch eine wirkliche Vertheuerung würde, wie Professor Conrad mit Recht hervorhebt, ein „solcher Sturm des Unwillens hervorgerufen werden, daß er jene Schutzwehr des Landmanns wie Spreu über den Haufen werfen würde." Die Erhöhung der Getreidezölle kann daher keine andere Aufgabe haben, als die schon oben bezeichnete: sie soll einer weiter gehenden Entwerthung der heimischen Getreideproduction vorbeugen und die bisher schon eingetretene Entwerthung aufheben. Nicht um eine Vertheuerung des Getreides handelt es sich, sondern um Erhaltung der Concurrenzfähigkeit der heimischen Production und Zurückführung des Durchschnittspreises auf das Maß, wie es vor dem rapiden Rückgang der Preise in Folge des steigenden Importes fremden Getreides stattfand. Bei diesem früheren Durchschnittspreise haben Arbeiter, Bürger und Beamte sich wohl befunden, und werden auch ferner dabei ihr Interesse gewahrt finden. Die dadurch herbeigeführte verbesserte Lage der Landwirthschaft wird aber die Kaufkraft des Landmannes wieder heben und dies gereicht der Industrie und dem Arbeiterstande wiederum zum wesentlichsten Vortheil. So sind Aller Interessen aufs Innigste und Normalste verbunden, entsprechend den Worten des Reichskanzlers, daß „die Gesetzesvorlage nichts anderes bezwecke, als Schutz der nationalen Arbeit, Schutz des nationalen Gesammtvermögens, des Armen so gut wie des Reichen". — Ob durch die Zollerhöhung wirklich das bezeichnete Ziel erreicht werden wird, läßt sich im Voraus mit Sicherheit nicht sagen, die größte Wahrscheinlichkeit spricht jedoch dafür. Einen Theil ihrer Aufgabe wird sie jedenfalls erfüllen, sie wird der weiteren Entwerthung der heimischen Getreideproduction Schranken setzen und damit wäre schon sehr viel erreicht! — aber es ist zu hoffen, daß auch die bereits vorhandene Entwerthung wieder beseitigt wird. Schwankungen der Preise werden nach wie vor eintreten, weil die sie bedingenden Ursachen unabhängig von dem Zoll sind, wenn nur dabei ein mäßiger Durchschnittssatz sich ergiebt, bei dem der Landwirth ebenso wie die consumirenden Stände in friedlichstem Einvernehmen bestehen können. Sollte aber gegen alle Erwartung nicht nur eine Zurückführung zum früheren Durchschnittspreis, sondern eine wirkliche Vertheuerung Folge der Zollerhöhungen sein, dann wäre eine entsprechende Ermäßigung im Interesse Aller geboten; aber dazu wird sich voraussichtlich eine Veranlassung nicht finden. Jedenfalls ist hier, wenn irgendwo, neutraler Boden. Es handelt sich nicht um Bevorzugung des einen Standes auf Kosten der anderen, sondern um gerechte und wohlwollende Abwägung aller Interessen, damit unser Vaterland in sich einig und stark sei, seine Unabhängigkeit nach Außen dauernd bewahre und ein Hort des Friedens bleiben könne zum Segen für sich und für andere Völker.

Halle a. S., am 1. März 1885.

Die Getreidezölle

in ihrer Bedeutung

für den kleinen und mittleren Grundbesitz.

Ein Beitrag zur Verständigung

von

Prof. Dr. Julius Kühn,

Director des landwirthschaftlichen Instituts der Universität Halle.

Zweite, vermehrte Auflage.

Halle a. S.,

Verlag der Buchhandlung des Waisenhauses.

1885.

Vorwort zur zweiten Auflage.

Bei den Besprechungen der ersten Auflage dieser Schrift ist von gegnerischer Seite hervorgehoben worden, daß die von mir gegebenen Nachweise „nur Ausnahmefälle repräsentiren", die noch dazu „schwach" beglaubigt seien und daher für die Entscheidung der vorliegenden Frage nichts beweisen könnten. Diese Angaben entsprechen nicht dem wirklichen Sachverhalt. Ich führe im Eingange meiner Arbeit ausdrücklich an, daß ich meine Nachweise hauptsächlich auf die von dem Großherzoglichen Ministerium des Innern herausgegebenen „Erhebungen über die Lage der Landwirthschaft im Großherzogthum Baden" und somit auf die zuverlässigsten, amtlich vollbeglaubigten, den Landwirthschafts= betrieb eines ganzen Landes charakterisirenden Grundlagen stütze. Es handelt sich bei meinen Angaben nicht um „nur ganz vereinzelt vorkommende Fälle", sondern um klein=, mittel= und großbäuerliche Wirthschaften von amtlich sorgfältig bestimmten Erhebungsgemeinden, die derartig ausgewählt wurden, daß sie „als typisch gelten können für andere unter ähnlichen klimatischen, Boden=, Besitz= und Kulturverhältnissen wirthschaftende Gemeinden." Diese badenschen Erhebungen bilden die unanfechtbare Basis meiner Erörte= rungen und sie ergeben, daß schon zum Theil bei 2,6 ha ein selbstständiger Wirthschaftsbetrieb beginnt, der nach vollständiger Deckung des eigenen Bedarfes noch Getreide auf den Markt zu liefern vermag. Ich zeigte ferner, daß bei manchen badenschen Gütern der Besitzkategorie unter 5 ha der verkäufliche Antheil bis über 50% der Ernte ansteigen kann. Ich wies ferner nach, daß 43 badenschen Mittelbauern (mit 5—20 ha Areal) pro Hektar landwirthschaftlich genutzter Fläche durchschnittlich 4,9 Ctr. Getreide, also ein recht bedeutendes Quantum zum Markt liefern. Diese aus rein amtlichem Material gewonnenen Resultate genügen allein schon, um die Frage nach dem Verkaufsvermögen des bäuerlichen Besitzes zu entscheiden! Sie gewinnen aber eine noch höhere Bedeutung durch den von mir erbrachten Nachweis, daß ein für den Großgrundbesitz des Nordosten typisches Gut pro Flächeneinheit noch nicht ganz so viel Getreide auf den Markt liefert, als jenem durchschnittlichen Verkaufsvermögen der 43 baden= schen Mittelbauern entspricht. Für dieses, der Provinz Posen angehörige Gut liegen zwar keine amtlichen, aber wohlbeglaubigte Zahlen vor, die Herr Professor Dr. Birnbaum der sorg= fältig geführten Gutsrechnung entnahm und durch Herrn Geh. Hofrath Professor Dr. Blomeyer kontroliren ließ. Aus den amtlichen Zahlen Badens und den zuverlässigen Zahlen Birnbaums geht sonach klar hervor, daß der bäuerliche Besitz genau das gleiche Interesse an der Zoll-erhöhung hat, wie der Großgrundbesitz, weil er eben so viel und eher noch etwas mehr Getreide auf den Markt bringt. Das einzige Bedenken, was gegen meine Deduktion mit einigem Grunde erhoben werden konnte, ruhte in dem Umstande, daß ich nur ein Gut des Nord-osten mit den bäuerlichen Wirthschaften Badens in Parallele stellte. Um diesem Bedenken zu begegnen, habe ich im „Nachtrag Nr. 6“ dieser zweiten Auflage eine Ergänzung gegeben, indem ich noch die 22 westpreußischen Großwirthschaften in den Vergleich gezogen habe, über deren Betriebsverhältnisse Herr Professor Dr. Conrad in seinen „agrarstatistischen Untersuchungen“ nähere, von ihm selbst festgestellte Angaben macht, deren volle Geltung zweifellos allseitig zugestanden werden wird. Nach denselben ergiebt sich, daß diese 22 west-preußischen Güter pro Hektar Ackerland durchschnittlich genau eben so viel Getreide ausführen, wie das von mir angezogene posensche Gut, daß dieses also mit Recht als ein für den Groß-grundbesitz des Nordosten typisches Gut bezeichnet wurde. Zugleich ward das bedeutsame Resultat gewonnen, daß die 43 Mittelbauern des Südwesten Deutschlands pro Flächeneinheit 29 % mehr Getreide auf den Markt bringen, als die in Vergleich gezogenen 23 Großgrund-besitzer des Nordosten, deren gesammte Ackerfläche nahezu 2 Quadratmeilen umfaßt! Aller-dings entfällt dabei, um die bez. Einwendungen eines weisen Kritikers zu berühren, auf den einzelnen Großgrundbesitzer selbstredend ein größerer Betrag des verkauften Getreides und des auf den Preis desselben event. sich geltend machenden Einflusses der Zollerhöhung als auf den einzelnen bäuerlichen Besitzer, aber der dem letzteren zufallende Theil der Einwirkung der Zollerhöhung ist für das Einkommen desselben von weit einschneidender Bedeutung, wie dies aus den Seite 15—17 gegebenen Ausführungen hervorgeht. Und dann: — der bäuer-liche Besitzer sollte ja überhaupt „gar kein oder nur verschwindend wenig Getreide zum Verkauf bauen!“ Deshalb sollte ja gerade die Zollerhöhung nur den Großgrundbesitzern zu Gute kommen! Um Beantwortung der Frage nach der Wahrheit derartiger Behauptungen handelt es sich eben und diese Frage wird allein schon durch die auf amtliche Erhebungen Badens und auf autoritative Ermittelungen Birnbaums und Conrads gestützten Nachweise entschieden — durch Nachweise entschieden, für welche die Grundlagen längst in der Literatur vorlagen und nur der Verwerthung harrten. Die von mir privatim gewonnenen Ermittelungen waren des-halb aber nicht überflüssig, weil sie das bezüglich des bäuerlichen Besitzes lediglich aus dem badenschen amtlichen Material gewonnene Resultat auch für andere Oertlichkeiten bestätigten und nach manchen Seiten zugleich erweiterten. Ich nehme übrigens auch für diese privaten Ermittelungen die volle Authenticität in Anspruch. Meine Herren Berichterstatter haben mit größter Sorgfalt die für ihre Oertlichkeit charakteristischen Betriebe zum Anhalt genommen und ich habe meinerseits nichts „ausgewählt“, sondern sämmtliche Wirthschaften in Vergleich gezogen, über die mir Nachrichten zugingen. Erwähnenswerth dürfte auch sein, daß zwei meiner Herren Berichterstatter selbst schon durch agrarstatistische Untersuchungen sich rühmlichst bekannt gemacht haben. Herr Dr. Franz, Sekretär der landwirthschaftlichen Centralstelle für das Großher-zogthum Sachsen-Weimar-Eisenach, dem ich die Angaben über weimarische Wirthschaftsbetriebe verdanke, erstattete u. A. den Bericht an den Verein für Socialpolitik über „die landwirth-schaftlich bäuerlichen Verhältnisse des weimarischen Kreises“ und Herr Dr. Humbert, Ritter-gutspächter zu Schraplau, der mich durch die Nachrichten aus dem Mansfelder Seekreise in freundlichster Weise unterstützte, veröffentlichte „Untersuchungen über den Einfluß des Zucker-rübenbaues auf Land- und Volkswirthschaft,“ die als erstes Heft in der von Herrn Professor Dr. Conrad herausgegebenen „Sammlung nationalökonomischer und statistischer Abhandlungen des staatswissenschaftlichen Seminars zu Halle“ erschienen sind.

— v

Noch möchte ich in diesem Vorwort nach zwei Seiten hin Verwahrung einlegen.

Eine bei Gelegenheit der Berathung über die Holzzölle im Reichstage gefallene Aeuße-
rung ist von der Tagespresse zum Theil so interpretirt worden, als ob die hier vorliegende
Schrift auf Kosten der Regierung herausgegeben worden sei. Zur Berichtigung dieser irrthüm-
lichen Angabe bemerke ich, daß dies nicht der Fall ist; diese Schrift ist lediglich auf meine
Privatkosten gedruckt worden.

Der Verfasser einer Gegenschrift spricht die Vermuthung aus, es möchte wohl für meine
Arbeit „ein mehr äußerlicher Anstoß maßgebend gewesen sein." Diese unedle und — wie ich
nach der Haltung meiner Schrift und nach meinem ganzen öffentlichen Wirken wohl sagen
darf — unverdiente Insinuation weise ich mit tiefster Entrüstung zurück. Aeußerliche Rück-
sichten hätten mir es eher wünschenswerth erscheinen lassen, in dieser Frage das Wort nicht
zu ergreifen. Da aber von berufener nationalökonomischer Seite eine Klarlegung des Sach-
verhaltes nicht erfolgte, so fühlte ich mich in meinem Gewissen gedrungen und durch meine
amtliche Stellung verpflichtet, meiner Ueberzeugung Ausdruck zu geben und der verderblichen,
das Volksgemüth vergiftenden Behauptung entgegen zu treten, nach welcher die Getreidezölle
nur den Großgrundbesitzern Vortheil bringen und die Taschen weniger Reichen auf Kosten des
armen Mannes füllen sollen. Indem ich die völlige Nichtigkeit und Unwahrheit dieser
Behauptung zahlenmäßig und unwiderlegbar nachwies, habe ich nur meine Schuldigkeit gethan.
Sapienti sat!

Halle, im Mai 1885.

Der Verfasser.

Wie früher in der Tagespresse, so ist auch im Reichstage bei der ersten und zweiten Lesung der Zolltarifnovelle wiederholt darauf hingewiesen worden, daß eine Gemeinschaft der Interessen des Großgrundbesitzes und des kleinen oder bäuerlichen Besitzes in der Zollfrage nicht existire, weil die Getreidezölle nur den Großgrundbesitzern, nur der Minderheit der Landwirthe Vortheil bringen würden.

Diese Behauptung hat zwar bereits in dem Reichstage selbst, insbesondere durch den Reichskanzler die entschiedenste Zurückweisung erfahren, immerhin dürfte es aber bei der eminenten Bedeutung der Sache von allgemeinerem Interesse sein, an der Hand specieller Ermittelungen die Grundlosigkeit derselben noch näher nachzuweisen. Indem ich einen solchen Nachweis zu geben suche, vermag ich mich hauptsächlich auf die mustergültigen, an werthvollen Ergebnissen so reichen „Erhebungen über die Lage der Landwirthschaft im Großherzogthum Baden" vom Jahr 1883 zu stützen; ich habe aber auch, soweit die Kürze der Zeit es ermöglichte, zuverlässige Angaben durch mir näher bekannte Landwirthe aus verschiedenen Provinzen des preußischen Staates, aus dem Königreich Sachsen und aus dem Großherzogthum Sachsen-Weimar zu erlangen gesucht. Das gesammte, mir augenblicklich zur Verfügung stehende Material betrifft 140 Landwirthschaftsbetriebe größerer und geringerer Ausdehnung. Von 27 Gütern gingen mir die bezüglichen Mittheilungen aus zwei oder drei Jahrgängen zu. Es handelt sich dabei um genaue Angaben über den Gesammterntebetrag von Halmgetreide und Hülsenfrüchten, um Angaben über die Menge des in der eigenen Wirthschaft verbrauchten Getreides und des zum Verkauf gelangten Quantums. Je größer der procentische Antheil des letzteren an der Gesammternte, um so bedeutender muß der Einfluß der Zollerhöhung hervortreten, insofern dieselbe eine Hebung des Preises zu bewirken vermag. — Zunächst ist es für eine Vergleichung des größeren Grundbesitzes mit dem mittleren und kleineren Besitz erforderlich, diese Kategorien in angemessener Weise abzugrenzen. Dies ist nicht leicht auszuführen, weil durch die Beschaffenheit von Klima und Boden, durch die Absatzverhältnisse, sowie durch das ungleiche Maß von Kapital- und Arbeitsverwendung die mannigfaltigsten Betriebsverhältnisse hervorgerufen werden, und weil für das, was bei dem ländlichen Besitz groß und klein

1

genannt wird, auch die in verschiedenen Gegenden abweichende herkömmliche Auffassungsweise mitspricht. So rechnet man in Baden zu dem Großbauernbesitz schon Güter, deren Areal in Pommern für den Betrieb eines Kleinbauern kaum ausreichend erscheint. Am Kaiserstuhl wird ein Besitz von 3,73 ha als „mittleres Bauerngut" bezeichnet, während ein Bericht aus dem nördlichen Theile Badens eine Wirthschaft mit 8,23 ha als „kleines Bauerngütchen" aufführt. Um aber den Anschluß zu gewinnen an die von dem Kaiserl. statistischen Amte im IX. Monatshefte zur „Statistik des deutschen Reiches für das Jahr 1884" über die Größen- und Betriebsverhältnisse der deutschen Landwirthschaft mitgetheilten Erhebungen, bleibt nur übrig, mit allem Vorbehalt lediglich die räumliche Ausdehnung der landwirthschaftlich benutzten Fläche für Charakteristik der Betriebskategorien zum Anhalt zu nehmen. Es lassen sich darnach unterscheiden: 1) der Parzellenbesitz bei einer Betriebsausdehnung bis zu 2 ha; 2) der Kleinbesitz, bei dem unter günstigen Verhältnissen bereits ein selbstständiger Landwirthschaftsbetrieb (der der Kleinbauern, Halbbauern) beginnt, mit 2—5 ha Fläche; 3) der gewöhnliche bäuerliche Besitz (Besitz der Mittelbauern) mit 5—20 ha; 4) der mittlere Besitz, welcher die größeren Bauerngüter (die der Großbauern) sowie die sogenannten Freigüter mit einschließt und von 20—100 ha sich erstreckt; 5) der größere und der Großgrund-Besitz, alle Güter von 100 ha und darüber umfassend. — Eine weitere Trennung der letzteren Betriebskategorie erschien für den vorliegenden Zweck nicht erforderlich.

Hiernach ergeben sich folgende Verhältnisse für den Landwirthschaftsbetrieb des Deutschen Reiches:

Betriebs-Kategorien.	Größe d. landwirthschaftlich genutzten Flächen der einzelnen Betriebe. ha	Anzahl der Betriebe.	Größe des Acker-, Garten-, Weinberg-, Wiese- und Weide-Areals. ha	Procentischer Antheil an der Gesammtfläche des landwirthschaftlich genützten Areals.
I. Parzellenbesitz .	0,0 — 2	3009849	1806996	5,6 %
II. Kleinbesitz (Kleinbauern, Halbbauern) . .	2 — 5	989716	3229504	9,9 „
III. Gew. bäuerlicher Besitz (Mittelbauern) .	5 — 20	962059	9511242	29,2 „
VI. Mittler Besitz . . . . . . (Großbauern, Freigüter u. s. w.)	20 — 100	289261	10165870	31,2 „
V. Größerer und Großgrund-Besitz .	100 u. dar.	25459	7852385	24,1 „
Summa		5276344	32565997	100,0 %

Es geht hieraus zunächst die möglicherweise für Viele überraschende Thatsache hervor, daß der größere und Großgrund-Besitz noch nicht ganz ¼ der landwirthschaftlich genutzten Fläche des deutschen Reiches umfaßt, während dem kleineren und mittleren

Besitz zusammen über 70 % der Gesammtfläche zufallen. Der Schwerpunkt landwirthschaft=
licher Nutzung fällt somit im deutschen Reiche nicht auf den Großgrundbesitz, sondern auf
den bäuerlichen Besitz, auf die Wirthschaften der Kleinbauern, Mittel= und Großbauern!
Wenn es daher zutreffend wäre, was gegnerischerseits geäußert wurde: „daß dem Bauernstande
die Erhöhung der Getreidezölle gar nichts oder nur verschwindend wenig helfen wird, weil er
gar kein oder nur verschwindend wenig Getreide zum Verkauf baut," dann wäre es in der
That die Minderheit, nicht nur der Zahl der Landwirthe, sondern auch der bebauten
Fläche nach, welcher die Kornzölle zu Gute kämen, es würde dann aber auch ein arger
volkswirthschaftlicher Fehler sein, diese Minderheit, auf welche allein die Hoffnung einer einiger=
maßen genügenden heimischen Produktion von Brotgetreide für Deckung des Bedürfnisses der
nicht landwirthschaftlichen Bevölkerung sich stützen könnte, der Fläche nach noch mehr zu ver=
kleinern durch Parzellirung von Domainen und größeren Gütern! Und doch hält man mit
Recht eine solche Maßnahme zur Vermehrung des Bauernstandes allgemein für sehr zweckmäßig
und dies geschieht insbesondere auch von Seiten derer, welche Gegner der Zollerhöhung
sind. — Hierin liegt ohnstreitig ein Widerspruch, der sich aber alsbald löst, sowie man die
Sachlage bezüglich der Verkaufsverhältnisse der einzelnen Betriebskategorien näher untersucht.
Die nachstehenden Mittheilungen werden zeigen, daß der gesammte Grundbesitz an dem Ver=
kaufe von Getreide betheiligt ist.

I. Der Parzellenbesitz. — Der Herr Reichskanzler wies bereits in seiner ersten Rede
zur Zollnovelle darauf hin, daß auch der kleinste Besitzer Getreide verkaufe und daher an dem
Preisstande desselben interessirt sei. Er baut ja nicht nur Brotkorn, sondern auch Gerste
und Hafer, also Früchte, die er nicht selbst consumirt, sondern verkauft, und es ist für ihn
keineswegs gleichgültig, ob er für dieselben einen angemessenen Preis erhält oder nicht. Es
ist ferner für ihn in der That wirthschaftlicher, wie der Reichskanzler weiter hervorhob, auch
den erbauten Roggen zu verkaufen und nicht selbst zu verbacken, sondern das Brot vom
Bäcker zu entnehmen. So geschieht es häufig hier in der Umgegend von Halle, nicht nur
bei Parzellenbesitzern, sondern auch noch bei mittlerem Besitz. Daß diese Verhältnisse auch
anderwärts in ähnlicher Weise sich entwickeln, zeigen die Worte eines meiner Herren Bericht=
erstatter aus dem Königreich Sachsen (Oberlausitz): „Hier beginnt der Körnerverkauf
schon mit ½ Hektar." Noch weit bedeutsamer wird freilich das Interesse am Preisstande
des Getreides bei weiterer Ausdehnung der bewirthschafteten Fläche bis zu demjenigen Maße,
bei welchem nicht nur der eigene Haushaltungs= und Wirthschaftsbedarf Deckung findet,
sondern darüber hinaus noch ein Verkauf von Getreide stattfinden kann.

**II. Der Kleinbesitz, die Wirthschaften der Kleinbauern oder Halbbauern mit
2 bis unter 5 ha Areal.** — Bei dieser Kategorie beginnt bereits der Uebergang zum selbst=
ständigen Landwirthschaftsbetriebe und zwar nicht nur im Großherzogthum Baden, sondern
auch nach den mir vorliegenden Nachweisen in der Prov. Sachsen, Prov. Brandenburg,
im Großherzogthum Sachsen=Weimar und in gleicher Weise gewiß auch in anderen Theilen
des Reiches, aus denen ich Nachrichten über diese Besitzgröße nicht zu erlangen vermochte.
Es ist schwierig dergleichen zu erhalten, weil die Leute, wie man mir mittheilte, die „Steuer=
schraube" fürchten. Immerhin vermag ich mich auf sichere Nachweise über 30 Besitzungen
dieser Kategorie zu stützen. — Der Bericht von Huttenheim (Baden) weist schon bei
einem Besitzstande von 2,60 ha einen selbstständigen Betrieb nach. Bei vollständiger Deckung

1*

des Bedarfes für Saatgut und Haushaltung (pro Tag und Person 2,13 Pfund für Brot und Suppenmehl), also ohne allen Zukauf von Getreide, von Brot oder Mehl verbleiben trotz Tabak- und Hopfenbau auf 27,7 ar **11,5 %** des geernteten Getreides zum Verkauf. Aehnlich stellen sich die Verhältnisse in Sandhausen (einem Pfalzorte). Bei einem Besitzstande von 2,96 ha, bei einem Konsum in der Haushaltung pro Tag und Kopf = 1,16 Pfund ledig- lich aus der eigenen Wirthschaft ohne allen Zukauf von Getreide, Brot oder Mehl und bei einer Ausdehnung des Tabak- und Hopfenbaues auf 44 ar kommen zum Verkauf **20,7 %** der Getreideernte. Noch günstiger sind die Verhältnisse in Richen (typisch für eine Gemeinde des nördlichen badischen Hügellandes mit vorwiegendem Körnerbau auf gutem Boden), Areal des Gütchens 2,97 ha. Handelsgewächsbau findet nicht statt; Getreide, Brot oder Mehl wird nicht zugekauft. Nach Deckung des Bedarfes für Saat und Haushaltung (1,23 Pfund pro Tag und Kopf) bleiben zum Verkauf **53,4 %** der Ernte. Ein Bauerngütchen in Sulz- feld (Kraichgau) mit 3,77 ha Areal, ohne Handelsgewächsbau und ohne Zukauf von Getreide, Brot oder Mehl, verkauft nach Deckung des Wirthschaftsbedarfes (1,39 Pfund pro Tag und Kopf für die Haushaltung) **54 %** der Ernte. In einer Wirthschaft des Mansfelder See- kreises (Prov. Sachsen) mit 4,85 ha Areal betrug nach Deckung aller Bedürfnisse der Wirthschaft und des Haushaltes der Verkauf von Halmgetreide im Jahre 1882/83 **63,4 %**, im Jahre 1883/84 selbst **65,6 %** der Ernte! Diese Beispiele zeigen, wie bedeutend unter günstigen Bodenverhältnissen selbst beim Kleinbauer der Verkauf von Getreide sein kann. In manchen Fällen findet aber auch gar kein Verkauf von Getreide statt. Zunächst sind hier, wie auch bei den folgenden Betriebskategorien die Wirthschaften der Schwarzwaldorte Ober- wolfach, Steig, Görwihl, Wittenschwand und Neukirch auszuschließen. Sie liegen im rauhen Gebirgsklima, der Ackerbau tritt zurück und ist da, wo er betrieben werden kann, wenig ergiebig; ausgedehnte Wiesen und Weiden begünstigen die Viehhaltung, die fast aus- schließlich die baaren Einnahmen liefert. Selbst der Großbauer verkauft, wie in Neukirch bei 56,45 ha Areal gar kein Getreide oder es beträgt der Getreideverkauf, wie in den anderen Orten, nur wenige Procente der Ernte. Werden die 5 Kleinbauerwirthschaften dieser Schwarz- waldorte von der Gesammtzahl der Kleinbetriebe, über die mir Nachrichten vorliegen, abgezogen, so verbleiben 25. Von diesen verkaufen 6 Kleinbetriebe Badens und 1 Kleinbetrieb der Prov. Brandenburg kein Getreide, während bei einem anderen Kleinbetriebe der Prov. Branden- burg ein Verkauf in einem Jahre zu **27,5**, in dem folgenden zu **23,3 %** nachgewiesen wird. Jene sechs badenschen Wirthschaften sind entweder Reborten angehörig, in denen der Ackerbau gegen den Weinbau zurücktritt, oder es findet ein so ausgedehnter Handelsgewächsbau statt, daß für den Getreidebau nur eine sehr verminderte Fläche übrig bleibt. Bei den übrigen 18 Kleinbetrieben, welche Getreide verkaufen, wechselt das procentische Verhältniß des ver- kauften Getreides von 7,4 bis zu 65,6 % und ergiebt im Durchschnitt das immerhin erheb- liche Verhältniß von **34,08 %** der Ernte.[1]

III. Bäuerlicher Besitz mit einem Areal von 5 — 20 ha, Wirthschaften der Mittelbauern. — Aus dieser Kategorie kommen 44 Wirthschaften zum Vergleich, von denen 36 dem Großherzogthum Baden angehören. Bei letzteren schwankt das Verhältniß des ver- kauften Getreides von 10,7 — 66 % und beträgt im Mittel **40,26 %** der Ernte. Es ist dies ein recht günstiger Durchschnittssatz, der unzweifelhaft beweist, welch hohes Interesse auch der bäuerliche Landwirth an einem angemessenen Preisstande des Getreides haben muß, und der um so bedeutsamer erscheint, als mehrere der in Vergleich gezogenen Wirthschaften Reborten angehören, in denen der Ackerbau erhebliche Einschränkung findet, und wo daher nur 10,7 %

oder 12,5% oder wenig mehr von der Getreideernte zum Verkauf kommen. Der Antheil dieser Wirthschaften drückt das berechnete Mittel erheblich herab. Bei gewöhnlichem Land- wirthschaftsbetriebe ist auch im Badenschen der durchschnittliche Betrag des zum Verkauf kommenden Getreides ein weit höherer, wie folgende Beispiele zeigen. In Sindolsheim, einem Orte des nördlichsten Hügellandes mit nicht ganz günstigen Bodenverhältnissen und „ausgeprägtem Körnerbau", der in dem Badenschen Bericht ausdrücklich als „typisch für eine rein fruchtbauende Gemeinde" bezeichnet wird, beträgt bei einem mittleren Bauergute (16,1 ha Gesammtareal; 2,2 ha Wald und 13,9 ha landwirthschaftlich genutzte Fläche) das zum Ver- kauf kommende Getreide 64,62% der Ernte. In Rilchen beträgt bei einem „Bauergütchen" mit einer landwirthschaftlich genutzten Fläche von 12,9 ha der verkäufliche Antheil der Ernte 59,9%. In Watterdingen, einem „Höhganorte mit Körnerbau und Viehzucht" verkauft ein Bauergut mit 7,89 ha Areal 58,4% und ein anderes mit 16,03 ha landwirthschaftlich genutzter Fläche 49,5% der Getreideernte. In Königsbach (Amtsbezirk Durlach), einer „Gemeinde mit Frucht= und etwas Handelsgewächsbau" bringt ein „Bauergütchen" mit 5,87 ha Areal 57,5% der Getreideernte zum Verkauf. In Schönfeld, einem Orte des sogenannten Gaus mit „ausgeprägtem Körnerbau" beträgt bei einem Areale von 11,2 ha der zum Verkauf kommende Theil der Getreideernte 66%. — Diesen Verhältnissen mit gewöhn- lichem Landwirthschaftsbetriebe, also Getreidebau und Viehzucht, schließen sich auch die 8 wei- teren zum Vergleich vorliegenden Bauernwirthschaften an. Eine derselben mit 5,62 ha Areal liegt im Mansfelder Seekreis (Provinz Sachsen) und brachte nach Deckung aller Bedürf- nisse für Wirthschaft und Haushalt, somit ohne allen Zukauf von Getreide, Brot oder Mehl im Jahre 1882/3 67,5%, im Jahre 1883/4 69,6%, im Durchschnitt beider 68,5% der Getreideernte zum Verkauf. — Eine in der Provinz Brandenburg gelegene Wirthschaft mit 19,40 ha verkaufte in drei aufeinander folgenden Jahren 66,6 — 61,8 — 71,8 im Durchschnitt 66,7% der Getreideernte, während eine andere ebendaselbst gelegene Wirthschaft mit nur 6,12 ha in einem Jahre kein Getreide, in den beiden folgenden Jahren 33,3% und 29,4%, im Durchschnitt dreier Jahre also nur 20,9% der Getreideernte verkaufte. Bei den übrigen fünf hierher gehörigen Bauernwirthschaften, die im Großherzogthum Sachsen=Weimar und Königreich Sachsen liegen, wechselt der verkäufliche Antheil der Ernte von 17,5 bis 65,6%. Im Durchschnitt ergiebt sich für die letzterwähnten 8 Wirthschaften ein Betrag von 49,7% oder rund 50% — ein Verhältniß des zum Verkauf kommenden Getreides, welches annähernd als ein mittleres für all diejenigen Bauernwirthschaften angesehen werden kann, bei denen nicht durch ausgedehnten Rebbau oder durch sehr ungünstige Beschaffenheit von Klima und Boden wesentliche Modifikationen bedingt werden.[2]

IV. Mittlerer Besitz mit 20—100 ha Areal, Wirthschaften der Großbauern, Freigüter ꝛc. — Es kommen hier zum Vergleich 7 Güter des Großherzogthums Baden, 6 Güter der Provinz Sachsen, 2 Güter der Provinz Schlesien, 2 Güter des Königreichs Sachsen, 2 Güter des Großherzogthums Sachsen=Weimar. Der bei diesen Gütern zum Ver- kauf kommende Antheil der Ernte schwankt von 16,8 bis 77,2%. Der letztere Procentsatz findet sich bei einem Gute des Mansfelder Seekreises mit 39,32 ha Areal als Mittel zweier Jahrgänge (1882/3 74,8%, 1883/4 79,6%). Das niedrigste Verhältniß von 16,8% ergiebt sich bei einer 60,7 ha umfassenden Wirthschaft des Großherzogthums Sachsen=Weimar, bei welcher ein großer Theil der Getreideernte (ca. 54%) zur Fütterung verwendet wird. — Als Mittelzahl berechnet sich bei diesen 19 Gütern für den verkäuflichen Antheil der Getreideernte der Betrag von 51,1%.[3]

V. Größerer und Großgrund=Besitz mit 100 ha Areal und darüber. — Da die Größenverhältnisse der hier zum Vergleich kommenden 13 Güter sehr abweichende sind, so führe ich sie einzeln auf.[4)]

Laufende Nummer der Güter.	Provinz.	Größe. ha	Es wurden verkauft von der gesammten Ernte an Halmgetreide und Hülsenfrüchten in Procenten			
			in einem Jahre.	in einem zweiten Jahre.	in einem dritten Jahre.	im Durch= schnitt.
1.	Schlesien	131,74	63,40	58,90	—	61,15
2.	"	141,45	59,17	56,13	54,30	56,53
3.	" .	197,88	62,55	68,10	61,02	63,89
4.	" . .	206,81	51,99	54,40	52,29	52,89
5.	" . .	209,35	50,61	—	—	50,61
6.	" . .	252,77	60,24	59,93	50,50	56,89
7.	" . .	279,58	63,50	65,43	—	64,46
8.	" . .	311,75	69,70	64,30	—	67,00
9.	Sachsen . .	280,85	70,20	51,07	—	60,63
10.	" . . .	408,52	64,15	67,08	59,52	63,58
11.	" . . .	495,28	56,51	46,32	55,79	52,87
12.	Westpreußen .	315,58	48,23	55,85	—	52,04
13.	Posen . . .	1529,38	40,21	—	—	40,21

Durchschnitt 57,13

Die bei dieser Kategorie sich ergebenden Schwankungen sind zwar nicht unerheblich, aber doch weniger bedeutend, weil ausschließlich Wirthschaften mit nicht extrem ungünstigen Boden= und klimatischen Verhältnissen zum Vergleich kommen. Beachtenswerth ist dabei, daß die Maximal= zahlen auch der am meisten verkaufenden Güter selbst in den günstigsten Jahren nicht wesentlich über die Maximalzahlen hinausgehen, welche schon bei dem Kleinbesitz und ebenso bei dem Besitz der Mittel= und Großbauern sich ergeben. Eine Wirthschaft der Provinz Sachsen habe ich in obiger Zusammenstellung nicht mit aufgeführt, weil in ihr für sämmtliches Per= sonal das Brot gekauft wird, während bei den übrigen 13 Großbetrieben dies nicht stattfindet. Jene Wirthschaft umfaßt 117,4 ha und verkauft 76,87% der Getreideernte. — Von besonderem Interesse ist das Verkaufsverhältniß bei dem ad 13 verzeichneten Gute der Provinz Posen. Ueber die Betriebsverhältnisse dieses Großgrundbesitzes berichtet Prof. Birnbaum ausführlich in seiner werthvollen Schrift „Ueber Gewinn und Verlust durch den neuen Zolltarif in der Landwirth= schaft, Leipzig 1881." Das fragliche Gut wird „im Charakter einer Getreidewirthschaft geführt" bei einer Ausdehnung des Kartoffelbaues für den Brennereibetrieb auf 14,5% der Ackerfläche. Die Verhältnisse dieses Gutes sind „nach allen Richtungen hin mehr unter Mittel als darüber." Da der Betrieb aber von sachkundigster Hand geleitet wird und zu hoher Rentabilität gebracht wurde, so dürften die Ergebnisse desselben als allgemein bezeichnend anzusehen sein für den gut bewirthschafteten Großgrundbesitz der östlichen Provinzen des Preußischen Staates. Es ist daher von großem Interesse, daß das Verhältniß des verkäuflichen Antheiles der Halmfrucht= und Hülsenfruchternte = 40,21 % vollkommen mit der Mittelzahl zusammenfällt, welche für

die 36 Mittelbauergüter (von 5 - 20 ha Areal) des Großherzogthum Badens = 40,26 %
gefunden wurde. Diese große Uebereinstimmung wird auch bestätigt, wenn man die absoluten
Zahlen des Getreideverkaufes pro Flächeneinheit des landwirthschaftlich genutzten Areals
berechnet. Jenes Gut der Provinz Posen verkaufte bei 1529,38 ha landwirthschaftlich genutzter
Fläche pro Jahr (incl. der zum Marktpreise veranschlagten verkäuflichen Vorräthe am Jahresschlusse) 6019,31 Ctr. Für den Hektar ergiebt sich darnach ein durchschnittlicher Verkauf von
3,93 Ctr. Rechnet man den in obigen Ansätzen nicht berücksichtigten Buchweizen mit
264,94 Ctr. noch hinzu, dann beträgt der Verkauf pro Hektar landwirthschaftlich genutzter
Fläche durchschnittlich 4,1 Ctr. Getreide. — Das Areal der 36 Mittelbauern Badens umfaßt
dagegen nur 379,54 ha mit einem summarischen Verkauf von 2180,67 Ctr.[5]) Es entfallen somit pro Hektar 5,7 Ctr. Stellt man jedoch hier die der gleichen Betriebsausdehnung (5—20 ha) entsprechenden 7 Wirthschaften der Schwarzwaldorte Oberwolfach, Steig,
Wittenschwand und Neukirch mit in Rechnung, so ergiebt sich eine landwirthschaftlich genutzte
Fläche von 43 Badenschen Mittelbauern = 458,87 ha mit einem summarischen Verkauf
von 2246,47 Ctr. oder pro Hektar 4,9 Ctr. **Es liefert somit die gleiche Fläche landwirthschaftlich genutzten Bodens bei dem bäuerlichen Besitz von 5—20 ha im Südwesten
Deutschlands ebenso viel, selbst eher noch etwas mehr Getreide auf den Markt, als ein
für den Großgrundbesitz des Nordosten typisches Gut.** Präciser kann das völlig
gleiche Interesse an der Zollerhöhung und die völlig gleiche Leistungsfähigkeit
für Versorgung des Getreidemarktes zwischen bäuerlichem Grundbesitz und Großgrundbesitz nicht zum Ausdruck kommen![6]) —

Zu analogen Ergebnissen führt die Vergleichung der oben für die verschiedenen Besitzkategorien ermittelten Durchschnittszahlen. Sie ergeben für den ein Areal von 100 ha und
darüber umfassenden größeren und Großgrundbesitz 57,1 %, für den mittleren Besitz oder den der
Großbauern, mit 20—100 ha Fläche 51,1 %, für den Besitz der Mittelbauern mit 5—20 ha
rund 50 %, für den Kleinbesitz mit 2—5 ha Fläche 34 % als den Betrag, der nach Deckung
des eigenen Bedürfnisses für Wirthschaft und Haushaltung von der gesammten Ernte der
Halm- und Hülsenfrüchte zum Verkauf kommt. Daß auch der Parzellenbesitzer Getreide verkauft und daß somit für den gesammten Grundbesitz der Preisstand des Getreides
von Bedeutung ist, darauf wurde bereits S. 3 hingewiesen. Im letzteren Falle entnimmt jedoch
der Producent in der Regel dem Markt wieder, wenn auch in anderer Form, was er ihm
gab — der Vorgang bleibt rein privatwirthschaftlicher Natur. Sowie der Producent aber dem
Markt mehr abgiebt, als der Deckung des eigenen Bedarfes entspricht, gewinnt seine Thätigkeit eine allgemeine volkswirthschaftliche Bedeutung. Soweit die örtlichen Verhältnisse es
irgend gestatten, hat der Ackerbau die große Aufgabe zu erfüllen, auch dem nicht
landwirthschaftlichen Theile der Bevölkerung neben Befriedigung sonstiger
Bedürfnisse in erster Linie das Rohmaterial für Deckung des nothwendigsten
Lebensbedürfnisses, des täglichen Brotes zu liefern. Dieser Aufgabe wird erst
derjenige Landwirth gerecht, welcher mehr erzeugt, als dem eigenen Bedürfniß entspricht;
gleichviel ob er zur Befriedigung des letzteren direct das Getreide gegen die „Metze"
vermahlen läßt und selbst verbäckt oder ob er alles Geerntete verkauft, um Brot und Suppenmehl zurückzukaufen. Beschränken die Naturverhältnisse den Ackerbau, wie im höheren Gebirge
oder in den Küstengegenden, so vermag sich der Landwirth an der Versorgung des Getreidemarktes nur sehr wenig oder gar nicht zu betheiligen, er muß wohl auch selbst noch etwas
Brotgetreide zukaufen. Ein solcher Betrieb erfüllt dann eine andere wirthschaftliche Aufgabe
durch ausgedehnte Produktion thierischer Erzeugnisse und ist insofern in einer sehr

glücklichen Lage, als er den sonst auf der Landwirthschaft gegenwärtig lastenden Druck nicht empfindet, weil ja nur die Getreideproduktion durch Entwerthung ihres Erzeugnisses in höherem Maße zu leiden hat, während dem überwiegend Viehzucht treibenden Landwirth die günstigen Preisverhältnisse für Zuchtthiere, Zugthiere und Molkereiprodukte voll zu Gute kommen. Daß dies insbesondere auch von der Provinz Schleswig=Holstein gilt, hat der Reichstags= abgeordnete Lorenzen in überzeugenden, dem frischen praktischen Wirken entsprungenen Worten ausgeführt und durch positive Angaben über die veränderten, außerordentlich günstigen Preise erhärtet, welche der dortige Landwirth jetzt gegen früher bei der Zucht von Rindern und Pferden zu erzielen vermag. Vortrefflich! daß es noch Theile unseres theuren Vaterlandes giebt, in denen „durchweg nicht von Noth beim Grundbesitz die Rede sein kann" und Dank der schönen meerumschlungenen Provinz Schleswig=Holstein, daß sie zu eigenem wie zu Anderer Vortheil so vortreffliches Milchvieh aufzieht! Aber das darf uns doch die Augen nicht verschließen für die Bedrängniß der übrigen weiten Gebiete, welche für den Betrieb der Viehzucht und insbesondere der Aufzucht von Thieren durch die Beschaffenheit von Klima und Boden weniger begünstigt und vorwiegend auf Getreidebau angewiesen sind.

Gleich eigenartig, wenn auch in ganz anderer Weise, gestaltet sich die Sachlage bei den Rebgeländen. Auch hier bedingen klimatische Lage und Bodenbeschaffenheit einseitige Bevor= zugung einer bestimmten Kulturart, gegen die der Fruchtbau zurücktreten muß, so daß häufig ein Körnerverkauf bei Rebgütern nicht stattfindet. So reicht beispielsweise in Wasenweiler, einem typischen Reborte des Kaiserstuhles, bei einem 3,17 ha umfassenden Bauerngute das geerntete Körnerquantum von 22,5 Ctr. zur Deckung des Haushalts= und Wirthschaftsbedarfes eben aus, es wird nur wöchentlich für 12 Pfennige, also jährlich für 6,24 Mark Weißbrot zugekauft: aber diese Wirthschaft liefert für den allgemeinen Konsum Wein und Obst im Werthe von 418,40 Mark und thierische Erzeugnisse für 155,60 Mark. Sie dient in der Eigenart ihres Betriebes ebenfalls den Interessen des Allgemeinen, nur für Deckung des Bedarfes an Brotgetreide vermag sie einen Beitrag nicht zu liefern. In anderen Fällen findet jedoch auch bei Rebgütern einiger Getreideverkauf statt. So liefert ein nicht größeres, nur 3,14 ha umfassendes Rebgut in Neusatz 7,4 % der Getreideernte auf den Markt; bei einem Rebgute zu Bischoffingen, das mit 5,1 ha an der Grenze des Kleinbesitzes liegt, werden 16,8 % der Getreideernte verkauft — immerhin bleibt aber bei eigentlichen Rebwirthschaften auch in den günstigeren Fällen der Getreideverkauf nur ein beschränkter.

Wesentlich anders liegen die Verhältnisse in Oertlichkeiten mit ausgedehntem Handels= gewächsbau. Auch hier findet zuweilen ein Verkauf von Getreide nicht statt, aber dies hängt nicht in zwingender Weise von der Beschaffenheit der Naturverhältnisse ab, sondern ist Ergebniß wirthschaftlicher Kalkulation. Man findet es eben einträglicher, den Bedarf des Marktes an Hopfen, Tabak oder Hanf zu decken und beschränkt deshalb den Getreidebau. Wenn nach dem Badenschen Bericht in Sandhausen der Besitzer eines Kleinpächtergutes von 2,30 ha Areal kein Getreide verkauft, sondern bei einem Bedarf von 2,11 Pfund pro Tag und Kopf für Brot und Suppenmehl seine Ernte von 40,8 Ctr. Körner in der eigenen Wirthschaft verbraucht, so findet er doch recht gut seine Rechnung. Er verköstigt eine Fabrik= arbeiterin mit, wofür er 182 Mark Kostgeld einnimmt, er verkauft Tabak und Hopfen im Werthe von 660 Mark und thierische Erzeugnisse für 297 Mark und verwerthet damit seine und seiner Frau Arbeitskraft vortrefflich. Aber aus derselben Oertlichkeit konnte oben von einem wenig größeren 2,97 ha umfassenden Gütchen neben Handelsgewächsbau ein Verkauf von 20,7 % der Getreideernte nachgewiesen werden und dieser Antheil des verkauften Getreides steigt auch bei dem Kleinbauer um so höher, je weniger eine minder ausgezeichnete Boden=beschaffenheit den Betrieb einseitigen Handelsgewächsbaues rechtfertigt, je mehr also der Schwer=punkt des Betriebes mehr und mehr auf den Getreidebau fällt. Dies ist aber bei den weitaus meisten Kleinbetrieben der Fall, und ein Theil derselben erreicht ein Verhältniß des Getreideverkaufes, wie wir S. 4 gesehen haben, das selbst dem Mittel des Großgrund=besitzes nahe kommt, in einzelnen Fällen es sogar übersteigt.

Die Mittel= und Großbauern stehen mit den Durchschnittszahlen ihres verkäuflichen Antheiles der Ernte dem größeren und Groß=Grundbesitz fast ganz gleich. Auf die Differenz zwischen 50 resp. 51,1 und 57,1 ist bei der Größe der Schwankungen innerhalb der einzelnen Kategorien ein sehr erhebliches Gewicht nicht zu legen; jedoch scheint mir aus diesen Zahlen hervorzugehen, daß die größeren Güter immerhin wenigstens einige Procente der Ernte durchschnittlich mehr zu Markte bringen, als der bäuerliche Besitz. Diese Differenz ist jedoch nicht in der Natur des kleineren Besitzes, sondern ist in dem Umstande begründet, daß der Großbesitzer ohnstreitig von den Fortschritten wissenschaftlicher Erkenntniß und technischer Vervollkommnung des Betriebes durchschnittlich mehr sich angeeignet hat, als es bislang bei dem bäuerlichen Landwirth der Fall ist. Um nur einige Momente hervor=zuheben, sei darauf hingewiesen, wie in Bezug auf rationelle Fruchtfolge, angemessene Behandlung des Stalldüngers, zweckmäßige Anwendung künstlicher Düngemittel, vorsichtige Vertiefung der Ackerkrume, sorgfältige Auswahl der für die einzelne Oertlichkeit einträglichsten Varietäten der anzubauenden Pflanzen, Beschaffung besten Saatgutes, Vorbeugung von Krankheiten der Kultur=pflanzen, energischer Bekämpfung der Unkräuter, Beseitigung schädlicher Nässe durch Drainage ꝛc. noch viel zur Hebung des Betriebes bei dem kleineren Besitz geschehen kann. Insbesondere ist auch noch zu erwähnen, daß bei demselben nicht selten ein erheblicherer Theil der Körner des Halmgetreides für das Vieh verwandt wird, als wirklich räthlich ist. Anstatt bei dem meist zu weiten Nährstoffverhältniß der Futterrationen, namentlich des Milchviehes durch Bei=fütterung der stickstoffreichen Rückstände der technischen Verarbeitung von Getreide und Oelfrüchten, also durch Verwendung von Kleien und Preßkuchen, die Ausnutzung des Futters und Steigerung der Production zu fördern, verfuttert man oft große Mengen von Getreideschrot zum Nachtheil der Futterausnutzung und zur Schädigung der Rente. Dadurch wird aber dem Markte ein nicht unerheblicher Theil des Getreides entzogen, der zweckmäßiger zum Vortheil des Einzelnen wie des Allgemeinen der menschlichen Consumtion dienstbar gemacht würde. Wenn das dem verkauften Getreide entsprechende Quantum an Kleien zurückgekauft und dies protein=reichere Kraftfutter noch etwas durch Oelkuchen verstärkt wird, dann bleibt ein erheblicher Theil des baaren Erlöses übrig, die Fütterung gestaltet sich dem Nährzweck angemessener und höhere thierische Production sowie ein gehaltreicherer Dünger lohnen doppelt ein solch zweck=entsprechenderes Verfahren. — Durch Verbreitung besserer Einsicht wird es allmählich gelingen, auch dem bäuerlichen Wirthe die Vortheile eines rationelleren Betriebes zu eigen zu machen, und dann wird sicher seine Verkaufskraft für Versorgung des Getreidemarktes durchschnittlich sich noch höher stellen, als es bei dem Großbetriebe der Fall ist, weil mit diesem meist technische Gewerbe verbunden sind und weil das für dieselben zu erbauende Rohmaterial die für den Getreidebau zu bestimmende Fläche vermindert. Daß dies nicht bloße Conjectur ist, sondern den thatsächlichen Verhältnissen entspricht, dürfte aus folgender Übersicht der Erträge und des verkäuflichen Ernteantheiles bei 7 Gütern der Provinz Sachsen hervor=gehen, die den Kleinbesitz wie den größeren Grundbesitz repräsentieren und unfern von einander gelegen sind, also unter wesentlich gleichen allgemeinen wirthschaftlichen Verhältnissen ihren Betrieb entwickelten.

2

Nr. des Gutes.	Landwirth= schaftlich genütztes Areal.	Jahrgang.	Ernte an Halmgetreide und Hülsenfrüchten.	Verkauft wurden	Verkauf an Körnern des Halmgetreides und der Hülsenfrüchte.	
					pro Hektar jährlich	pro Hektar durchschnittlich
	ha		Ctr.	Ctr.	Ctr.	Ctr.
1.	4,85	1882/83	148,54	94,20	19,42	21,19
		1883/84	169,71	111,42	22,97	
2.	5,62	1882/83	150,03	101,26	18,02	18,79
		1883/84	157,92	109,96	19,56	
3.	26,55	1882/83	907,68	559,63	21,08	19,55
		1883/84	842,16	478,77	18,03	
4.	39,32	1882/83	1250,74	936,22	23,81	25,70
		1883/84	1362,00	1084,72	27,59	
5.	280,85	1881/82	7452,56	5232,03	18,62	17,70
		1882/83	9227,69	4713,00	16,78	
6.	408,52	1881/82	7708,40	4945,03	12,10	13,09
"	"	1882/83	9399,52	6305,05	15,43	
		1883/84	8032,52	4781,64	11,74	
7.	495,32	1881/82	13228,00	7475,00	15,09	14,66
"	"	1882/83	13696,00	6344,00	12,81	
"	"	1883/84	14280,00	7972,00	16,09	

Faßt man diese Ergebnisse nach den von uns angenommenen Kategorieen zusammen, so verkauft von vorstehenden Gütern

der Kleinbauer (m. 2—5 ha Areal) . . . . 21,19 Ctr. pro ha

= Mittelbauer (= 5—20 = =) . . . . 18,79 = = =

= Großbauer (=20—100 = =) im Durchschnitt zweier Wirthschaften 22,62 = = =

bäuerlicher Besitz im Mittel . . . . 20,87 Ctr. pro ha

Großgrundbesitz (über 100 ha) im Durchschnitt von 3 Wirthschaften 15,15 = = =

Diese Zahlen zeigen zunächst, wie hoch die Productionsfähigkeit des Bodens in der Provinz Sachsen entwickelt ist. Es steht jedoch die Provinz Schlesien nicht erheblich nach). Die auf Seite 6 aufgeführten acht schlesischen größeren Güter umfassen zusammen 1731,33 ha und verkauften durchschnittlich pro Jahr 18454,46 Ctr., pro Hektar also 10,66 Ctr. Bei einzelnen Wirthschaften steigt das Verhältniß bis zu der Höhe von 14,4 Ctr. pro Hektar und kommt damit den beiden größten Gütern (Nr. 6 u. 7) der Provinz Sachsen völlig gleich. — Besonders bedeutsam aber ist, daß die obigen Zahlen zeigen, wie in der Provinz Sachsen auch der bäuerliche Besitz die Fortschritte der Kultur in trefflichster Weise sich angeeignet hat. Da bei demselben Zuckerrübenbau nur in beschränktem Maße oder gar nicht stattfindet, so liefert er weit mehr Getreide an den Markt, als der Großbetrieb; er verkauft nach obigem Verhältniß 37,7% mehr Getreide pro Hektar als dieser! — Besonders auffällig ist dabei, daß der Besitz unter 5 ha, dem eine Möglichkeit zum Verkauf gewöhnlich ganz abgesprochen wird, gegen den Großbetrieb sogar 39,8% mehr zu Markt bringt. Da ein solches Resultat allen bisherigen Annahmen entgegensteht, so dürfte es zweckmäßig sein, von den beiden Wirthschaften aus der

Kategorie der Kleinbauern und Mittelbauern die speciellen Zahlen anzuführen.[7]) Ich gebe sie so, wie sie mir nach preußischen Morgen mitgetheilt wurden.

A. **Kleinbetrieb** mit 19 Morg. (4,85 ha); es wurden im Jahrgang **1882/83** angebaut und geerntet:

Weizen 1 Morg. — 13,68 Ctr.
Roggen 4 = — 63,84 =
Gerste 4 = — 50,32 =
Hafer 2½ = — 20,70 =
Kümmel 1½ = — 13,50 =

Außerdem: Kartoffeln 1½ Morg.; Rüben 1 Morg.; Klee 3½ Morg.

Zur Saat wurden von dem Getreide verwendet . . 8,32 Ctr.;
für den Haushalts= und Wirthschaftsbedarf . . . 46,02 =
verkauft . . . . 94,20 =
_____
Sa.: 148,54 Ctr.

Im Jahrgang **1883/84** wurden gebaut und geerntet:

Weizen 1 Morg. — 14,87 Ctr.
Roggen 5½ = — 83,16 =
Gerste 4 = — 53,28 =
Hafer 2½ = — 18,40 =

Außerdem: Kartoffeln 1½ Morg., Futterrüben 1 Morg., Klee 3½ Morg.

Zur Saat verwandt . . . . 10,00 Ctr.
für Haushalts= und Wirthschaftsbedarf . 48,29 =
verkauft . . . . 111,42 =
_____
Sa.: 169,71 Ctr.

B. **Bäuerlicher Besitz** mit 22 Morg. (5,62 ha) Im Jahrgang **1882/83** wurden angebaut und geerntet:

Weizen 1 Morg. — 12,75 Ctr.
Roggen 4 = — 60,48 =
Gerste 4 = — 47,36 =
Hafer 4 = — 29,44 =
Kümmel 2 = — 16,00 =

Außerdem: Klee 3 Morg.; Kartoffeln 3 Morg.; Futterrüben 1 Morg.

Zur Saat verwendet vom Getreide . . . . . 9,01 Ctr.
für Haushaltungs= und Wirthschaftsbedarf . 39,76 =
verkauft . . . . 101,26 =
_____
Sa.: 150,03 Ctr.

Im Jahrgang **1883/84** wurden angebaut und geerntet:

Weizen 1 Morg. — 13,60 Ctr.
Roggen 4 = — 63,84 =
Gerste 4 = — 47,36 =
Hafer 4 = — 33,12 =
Kümmel 1 = — 9,00 =

Außerdem: Klee 3 Morg.; Kartoffeln 3 Morg.; Futterrüben 2 Morg.

2*

Zur Saat verwendet vom Getreide . . .   9,01 Ctr.

für Haushaltungs= und Wirthschaftsbedarf . 38,95 =

verkauft . . . . 109,96 =

Sa. 157,92 Ctr.

Daß die hier angegebenen Erträge für die hiesige Provinz keine abnormen sind, vermag ich nach eigenen auf dem Versuchsfelde des landwirthschaftlichen Instituts der Uni= versität Halle gewonnenen Erfahrungen zu bestätigen. Dasselbe umfaßt gegenwärtig 80,6 ha und konnte durch eine glückliche Fügung der Umstände so gewählt werden, daß es sämmtliche Bonitätsclassen der halleschen Flur von den besten bis zu den geringsten umschließt — ein Umstand, der für die Demonstrationszwecke beim Unterricht, wie für Beobachtung und Unter= suchung nach den mannigfaltigsten Seiten hin von nicht hoch genug zu schätzendem Werth ist. Es wird Alles nach Gewicht und chemischem Gehalt genau festgestellt, was auf die einzelnen Feldabtheilungen gelangt und was von denselben zurückgewähnt wird. Bei der Getreideernte findet insofern eine doppelte Bestimmung statt, als bei dem Einfahren zunächst das Gesammt= erntegewicht (nebst Trockensubstanzgehalt) für jede Feldabtheilung und dann beim Dreschen das Körner=, Spreu= und Strohgewicht ermittelt wird, woran sich dann die specielleren analytischen Bestimmungen schließen. Der Boden des Versuchsfeldes gehört ausschließlich der Formation des im norddeutschen Flachlande so allgemein verbreiteten mittleren Diluviums an und ent= hält ebenso dessen reichste, zu dem humosen Lehm= und Lehmmergelboden gehörigen Modifica= tionen, wie die geringsten Abänderungen mit durchragendem Diluvialmischsand. — Hier wurden nun bei angemessener Kultur und Düngung, nicht auf kleinen Versuchsparzellen, sondern auf größeren Feldabtheilungen ganz analoge Erträge gewonnen, wie sie aus obiger Zusammen= stellung für beide Güter pro Morgen sich berechnen. Zur besseren Vergleichung führe ich die ermittelten Erträge nach demselben Flächenmaße an. So ergab auf unserem Versuchsfelde der Weizen im Jahre 1884 von einer 5,2 Morgen großen, bei Regulirung der Grundsteuer zur III. Bonitätsclasse eingeschätzten Fläche nach Maßgabe des Gesammterdrusches pro Morgen durchschnittlich 13,99 Ctr. Vom Roggen wurde in demselben Jahre nach vorangegangenem Wundtklee bei einem Dreiviertel zur IV., zu Einviertel zur III. Bonitätsclasse eingeschätzten Gewende von 7 Morg. 16,7 □R. pro Morg. 17,91 Ctr. geerntet. Von einem anderen 8 Morg. 9 □ R. großen Feldtheile, der zu Vierfünftel zur IV. und zu Einfünftel zur V. Bonitäts= classe gehört, wurde nach Wundtklee und Futtergemenge 16,70 Ctr. Roggen pro Morgen erdroschen. Ein Schlag von 7 Morg. 127 □R., der zur V. Classe eingeschätzt ist, ergab bei der Folge von Roggen auf Roggen (als gedüngter Stoppelroggen) pro Morg. 14,33 Ctr. An Gerste wurde in demselben Jahrgange von 11 Morg. 56 □ R. IV. Bonität durchschnittlich pro Morg. 14,36 Ctr. gewonnen. Eine andere Fläche gleicher Bonität ergab von 8 Morg. 59 □R. pro Morgen 13,20 Ctr. Gerste. Im Jahre 1883 gab eine gleichgroße Fläche derselben Bonität 15,68 Ctr. und eine Feldabtheilung der II. Bonitätsclasse angehörig, ertrug bei der im Interesse der Nematoden=Vertilgungsversuche ausgeführten Folge von Gerste nach Gerste (mit einer Fangpflanzensaat im Herbst des Vorjahres) von 7 Morg. 121 □R., durchschnittlich pro Morg. 16,89 Ctr.! Diese Beispiele werden genügen. Sie zeigen Erträge, wie sie auch sonst in der Provinz Sachsen und zum Theil noch höher gewonnen werden; ich glaubte sie aber als Ergebnisse eigener Wahrnehmungen anführen zu sollen, um dem Bedenken zu begegnen, daß es sich bei den oben mitgetheilten Ertragsverhältnissen zweier bäuerlicher Güter möglicher= weise um Ausnahmeverhältnisse handeln könnte. Dies ist in der That nicht der Fall, es sind jene bäuerlichen Besitzungen vielmehr typisch für einen hoch entwickelten, aber in hiesiger Gegend schon allgemeiner verbreiteten Stand der Kultur des kleineren Betriebes und lassen darüber keinen Zweifel, daß bei intensiverer Kultur der bäuerliche Besitz jeder Kategorie eine größere Menge verkäuflichen Getreides zu erzeugen vermag, als der Großgrundbesitz. Während der Letztere durch Ausdehnung des Betriebes landwirthschaftlich technischer Gewerbe eine lohnendere Kapital= und Arbeitsverwendung zu erlangen sucht, bleibt der kleinere Besitz nach wie vor neben mäßiger Ausdehnung der Viehzucht und theilweisem Anbau von Handelsgewächsen vorzugsweise auf Körnerfruchtbau angewiesen und muß in diesem die Hauptquelle seiner Einnahme suchen. — Noch möchte ich hier einem weiteren möglicherweise auftauchenden Bedenken begegnen. Man könnte glauben, daß jene höheren Erträge lediglich Folge des Umstandes seien, daß durch den ausgedehnten Zuckerrübenbau der Boden eine außerordentliche Ertragsfähigkeit erlangt habe. Dies ist aber keineswegs der Fall. Wohl verdankt die Provinz Sachsen dem Zuckerrübenbau den Anstoß zu einer vervollkommten Bodencultur, aber diese hat sich auch auf Böden und Wirthschaften übertragen, die keinen Zuckerrübenbau treiben, wie dies auch bei den oben angeführten beiden bäuerlichen Besitzungen der Fall ist, auf denen die Zuckerrübe nicht cultivirt wird und die dennoch so vortreffliche Erträge zeigten. Denselben Umstand muß ich auch für den größeren Theil des Versuchsfeldes vom landwirthschaftlichen Institut in Anspruch nehmen. Zu diesem gehören allerdings einige Flächen, auf denen ein sehr intensiver Zuckerrübenbau stattgefunden hat und die deshalb zu den rübenmüdesten, d. h. an Rüben=Nematoden reichsten Böden der ganzen Provinz Sachsen gehören. Ich suchte sie mit zu erlangen, um auf ihnen die Nematodenvertilgungsversuche ausführen zu können. Der übrige größere Theil des Versuchsfeldes dient außer einem umfänglichen statischen Versuch auf 6 ha dem Futter= und Getreidebau, um durch selbst erzeugtes Futter und Stroh nicht nur eine billigere, sondern bezüglich der Qualität der Futtermaterialien bessere Ernährung des ca. 80 Stück Großvieh umfassenden Bestandes im Hausthiergarten des Instituts durchführen zu können, als bei ausschließlichem Futterankauf möglich ist. Zuckerrübenbau fand daher auf diesem Theile des Versuchsfeldes gar nicht oder nur ausnahmsweise statt für die Zwecke vergleichender Versuche. So hat der Acker, von welchem oben der höchste Roggenertrag von 17,91 Ctr. pro Morgen angeführt wurde, nur einmal seit 15 Jahren Zuckerrüben getragen; das Feld, von dem ein Stoppelroggenertrag von 14,33 Ctr. mitgetheilt ward, wurde niemals mit Zuckerrüben bebaut, es würde seiner Bonität nach sich zu einer lohnenden Kultur dieser Frucht auch gar nicht eignen. Somit ist nicht Zuckerrübenbau, sondern **rationelle Kultur überhaupt** Bedingung höherer Erträge, die auch dem Kleinbesitz in größter Allgemeinheit zu eigen gemacht werden kann und die ihn bezüglich des Getreides zu einer Verkaufskraft befähigen kann, welche weit über die des Großgrundbesitzes hinauszugehen vermag. Dies ist aber von eminenter volkswirthschaftlicher Bedeutung, denn der kleinere Besitz von 2—100 ha umfaßt 22 906 616 ha der landwirthschaftlich genutzten Fläche des deutschen Reiches gegenüber von nur 7 852 385 ha des größeren Besitzes! Durch diesen ist eine dauernde Steigerung der Getreideproduction nicht zu erwarten. Eine solche Steigerung kann vorübergehend eintreten in Folge der gegenwärtigen Krisis der Zuckerfabrikation; sie wird aber alsbald schwinden, sowie die Krisis überwunden ist. Der größere Besitzer sucht ganz sachgemäß die Rente seines Betriebes vorzugsweise zu sichern durch Production von Zucker, Stärke und Spiritus. Den Anforderungen einer solchen Betriebsrichtung entsprechen die umfänglicheren Betriebsmittel, das höhere Betriebskapital und der größere Credit des Großgrundbesitzes. Dieser erfüllt damit eine besondere nationale Aufgabe indem er nicht nur den heimischen Consum der bezeichneten Art befriedigt, sondern auch das Ausland uns tributpflichtig macht für Erzeugnisse, die wir in ungemessenen Mengen auf den fremden Markt bringen können, ohne der Bodenkraft des eigenen Landes den geringsten Abbruch zu thun; denn jene Erzeugnisse enthalten nichts als die Bestandtheile der Kohlensäure und des Wassers der Atmosphäre. Dem bäuerlichen Besitz ist diese Productionsrichtung wenigstens in allgemeinerer Ausdehnung verschlossen, und wo nicht ausgedehnte Wiesen und Weiden die Viehzucht einseitig begünstigen, ist er zum Futterbau auf dem Felde gedrängt, also zum Anbau von Klee, Luzerne, Esparsette und bei leichterem Boden von Spörgel, Serradella und Lupinen. Zu einseitiger Bevorzugung im Anbau= verhältniß sind die letzteren Pflanzenarten nicht einträglich genug und bei den ersteren werth= vollsten Futterpflanzen verbietet dies ihre Unverträglichkeit mit sich selbst. Sie dürfen erst nach mehreren Jahren auf demselben Felde wiederkehren und damit ist von selbst eine Beschränkung ihres Anbauverhältnisses gegeben. Dadurch wird jene bei dem bäuerlichen Besitz verbreitete Betriebsweise bedingt, bei welcher eine mäßige, oft freilich noch allzusehr ermäßigte Viehhaltung mit überwiegendem Körnerfruchtbau verbunden ist und bei der zum Theil auch ein beschränkter Handelsgewächsbau mit Berücksichtigung findet. In welchem Verhältniß hierbei der Getreide= bau Ausdehnung erlangt, geht am besten daraus hervor, daß nach den im Jahre 1883 aus= geführten Erhebungen im deutschen Reich 60,06 % der Ackerfläche mit Halmgetreide und Hülsen= früchten bebaut wurden. Erwägt man, daß der Großgrundbesitz wegen des Anbaues der Zuckerrüben und Brennkartoffeln hinter diesem mittleren Verhältniß zurückbleibt und daß bei dem Land= wirthschaftsbetriebe im Gebirge und in den Küstenstrichen der Getreidebau in noch erheblicherem Verhältniß zurücktritt, so bedingt dies, daß bei dem kleinen und mittleren Besitz ein noch weit höheres Anbauverhältniß von Halm= und Hülsenfrüchten vorhanden sein muß, als jene Durchschnittszahl zeigt. Es steigt hier das Anbauverhältniß sicher sehr erheblich über 60 %. Bei einem so bedeutenden Procentsatz des Getreidebaues gewinnt der Umstand um so größere Bedeutung, daß der kleinere, zwischen 2—100 ha liegende, also wesentlich bäuerliche Besitz die weitaus größte Kulturfläche bewirthschaftet und daß bei wachsender Einsicht deren Ertragsfähigkeit zu einer von Vielen nicht geahnten Höhe geführt werden kann. In Folge dessen stützt sich auf den bäuerlichen Besitz vorzugsweise die Hoffnung, daß wir auch bei wachsender Bevölkerung die Möglichkeit gewinnen werden, den Hauptantheil zur Befriedigung des Bedarfes an täglichem Brot auf eigenem Grund und Boden zu erzeugen, und daß wir somit durch denselben eine der wichtigsten Grundlagen der Selbstständigkeit und Unabhängigkeit des Vaterlandes zu bewahren vermögen. Wenn aber diese Grundlage nationaler Wohlfahrt erhalten bleibt, dann sind auch Zeiten nicht zu fürchten, wo etwa unsere Häfen blokirt und wir nicht mehr von friedlichen Nachbarn umgeben sein könnten — wir werden sie bei einiger Einschränkung auch ohne fremdes Getreide glücklich überstehen. Es soll dieses nach wie vor in Concurrenz mit der heimischen Production treten, aber diese muß sich so gestalten, daß das fremde Getreide im Nothfall ohne erheblichen Nachtheil entbehrt werden kann. Zu solcher Sicherung unserer nationalen Entwicklung muß vorzugsweise der Fortschritt der Kultur auf dem bäuerlichen Besitz führen, aber es wird dies nur der Fall sein, wenn die Production desselben wirthschaftlich möglich, wenn sie ausreichend lohnend bleibt. Jede intensivere Kultur schließt höheres Risiko ein, es wird neben der nie zu vernach= lässigenden Vorsicht Muth und Zuversicht dazu erfordert. Wie sollen diese sich aber vorfinden, wenn die ungehemmte Ueberfluthung des Marktes mit fremdländischem Getreide den Kornpreis unter den Betrag der Productionskosten herabdrückt, wenn in Folge dessen der jede frische Thatkraft lähmende Gedanke Platz greift, daß doch Alles vergebens sei, weil das eigene Erzeugniß möglicher Weise durch Ueberfüllung des Marktes mit fremder Waare einer immer steigenden Entwerthung ausgesetzt werde? Weder die Landwirthschaft im Allgemeinen noch der bäuerliche Besitzstand insbesondere bedarf zur Erhaltung und gedeihlichen Weiterentwickelung eines erfolgreichen Wirthschaftsbetriebes der Staats=Unterstützung im Sinne einer extraordinären Hülfe, wohl aber bedürfen beide des staatlichen Schutzes gegenüber der Ueberproduction des Auslandes, genau so wie es bei jeder anderen Productionsrichtung, wie es bei der Industrie der Fall ist. Und solchen Schutz vor fortschreitender Entwerthung des selbsterzeugten Getreides vermag nur eine Maßnahme wirksam zu gewähren: die angemessene Erhöhung der Getreidezölle! Diese wird der gesammten Landwirthschaft zu Gute kommen, vorzugs= weise aber dem bäuerlichen Landwirth von dauerndem Nutzen sein, und damit zugleich der Wohlfahrt des ganzen Landes für Gegenwart und Zukunft zum Vortheil gereichen.

Wie sehr der durch eine angemessene Erhöhung des Getreidezolles der Landwirthschaft gewährte Schutz ganz besonders für den kleineren Landwirth ins Gewicht fällt, erhellt auch noch aus zwei weiteren Gesichtspunkten.

Bei der gegenwärtigen Entwickelung des Getreidehandels und der Mühleninindustrie ist für größere Quantitäten gleichartigerer Waare durchschnittlich ein nicht unerheblich höherer Preis zu erlangen, als für kleinere Quantitäten. Der bäuerliche Landwirth ist nach dieser Seite hin in ungünstigerer Lage als der Großgrundbesitzer und diese ist für den ersteren um so benachtheiligender, je mehr er aus einem ausgedehnten Getreidebau die Hauptnutzung seiner Wirthschaft zu gewinnen genöthigt ist. Solange das Getreide gefragt ist, wirkt der bezeichnete Umstand jedoch bei weitem weniger intensiv ein als bei ungünstigerem Stande des Marktes. Wird dieser aber nun vollends durch massenhafte Zufuhr fremden Getreides überfüllt, dann sind kleinere Posten auch bei befriedigender Qualität nur zu äußerst gedrückten Preisen abzu= geben und in solchen Perioden kann in der That der Fall eintreten, wie darauf auch in den Badenschen Berichten und in den Verhandlungen der landwirthschaftlichen Centralstelle Württem= bergs hingewiesen wurde, daß das Getreide des bäuerlichen Besitzers geradezu unver= käuflich oder doch nur zu einem weit niedrigeren Preise verwerthbar wird, als ihn in solchen Zeitläufen der Großgrundbesitzer noch zu erzielen vermag. Bei erheblicherem Rückgang der Preise leidet der Bauer zuerst und am meisten und der dadurch bewirkte Druck auf Verwerthbarkeit kleinerer Quantitäten ist für ihn noch viel nachtheiliger als der zu gleicher Zeit herrschende niedrige Durchschnittspreis für den Großgrundbesitzer. Die Zollerhöhung wird dieses dem kleineren Besitzer so ungünstige Verhältniß durch Beschränkung der Hochfluthen des Getreideimportes mildern; tritt dann noch die Bildung von Verkaufsgenossenschaften hinzu, so kann die Sachlage für den bäuerlichen Besitzer vortheilhafter und den Verhältnissen des Großgrundbesitzers analoger sich gestalten.

Noch weit mehr fällt folgender Umstand ins Gewicht, der die Erhaltung eines ange= messenen Getreidepreises durch Erhöhung der Zölle im Interesse des Bauernstandes zur dringendsten Nothwendigkeit macht. — Die in Grund und Boden angelegten Kapitalien gewähren auch bei den größeren Gütern im Allgemeinen nur einen sehr mäßigen Zins; noch weit geringer ist derselbe aber bei dem bäuerlichen Besitz. Dies bestätigen, wenn auch in einem etwas extremen Verhältniß die „Ergebnisse der Erhebungen über die Lage der Land= wirthschaft im Großherzogthum Baden vom Jahre 1883." Es finden sich daselbst in Anlage VI. Col. 28 die bezüglichen Angaben für 70 badensche Klein=, Mittel= und Großbauern= güter zusammengestellt. 28 Wirthschaften gewähren gar keine Rente für das in den Liegen= schaften steckende Kapital, bei 37 Wirthschaften schwankt die Rente dieser Art von 0,09 bis 2,85 % und nur bei 5 Wirthschaften übersteigt dieselbe die Höhe von 3 %. Mag immerhin diesen Zahlen gegenüber auf die Schwierigkeiten von landwirthschaftlichen Rentabilitätsberechnungen hingewiesen werden können und mögen auch die Verhältnisse nicht überall gleich ungünstig liegen, so ist doch nicht zu verkennen, daß bei dem bäuerlichen Besitz die Verzinsung der in Grund und Boden niedergelegten Kapitalien durchgängig eine noch weit ungünstigere ist, als bei dem Großbetriebe. Leider ist auch von der Zukunft eine sehr erhebliche Besserung dieses Verhältnisses nicht wohl zu erwarten, da die bedingenden Ursachen mit den Eigenthümlichkeiten des kleineren Besitzes eng verknüpft sind. Selbst die intensivere Kultur und Steigerung der Roherträge wird in dieser Beziehung nicht erhebliche Veränderungen bringen. Sie wird wohl das mehrverwandte Betriebskapital verzinsen und bei Erhaltung angemessener Getreidepreise eine etwas bessere Arbeitsrente gewähren, aber der Zins für das in dem Grund und Boden und in den Gebäuden steckende Kapital wird dauernd ein niedriger bleiben.

Es ist dies in den bei dem Kleinbesitz relativ höheren Preisen von Grund und Boden begründet, welche einerseits Folge der größeren Concurrenz der Bewerber sind, andererseits aber durch den Umstand hervorgerufen werden, daß der bäuerliche Wirth in seinem Besitz weniger eine hohe Verzinsung des Anlagekapitales als einen selbstständigen Wirkungskreis für seine und seiner Familie Arbeitskraft zu erlangen strebt und sich dabei auch noch mit einem sehr mäßigen Arbeitslohn begnügt. Er findet seine Befriedigung in der unabhängigen Stellung und in der Eigenartigkeit seiner Wirksamkeit. Ein Bauer, der seine Steuern und Zinsen rechtzeitig bezahlt, ist ebenso „Herr" in seinem Gebiete, wie der Großgrundbesitzer und ist es oft in noch vollerem Sinne weil er in der That alle Verhältnisse beherrscht und den Betrieb in allen seinen Theilen nach eigenstem Ermessen und unter seiner steten persönlichen Mitwirkung gestaltet. Die den Körper stählende, Geist und Herz erquickende stete Thätigkeit in Gottes freier Natur, das Fruchtbringende landwirthschaftlicher Arbeit, wie es in der Entwickelung der selbstbeschickten Saat, in dem Gedeihen der von eigener Hand gepflegten Thiere sich ausprägt, geben einem derartigen praktischen Wirken einen reichen inneren Lohn, der nicht in Reflexionen zum Ausdruck kommt, wohl aber in der Tiefe des Gemüthes wurzelt und volles Genügen gewinnen läßt, wenn auch der äußere Erfolg in klingender Münze ein weniger günstiger ist, als bei den meisten anderen Berufsarten. Dies gilt von der Landwirthschaft überhaupt, insbesondere aber auch von dem Bauernstande, in dessen kernhafter Tüchtigkeit der Urquell nationaler Kraft und Stärke ruht, aus dem sich alle anderen Stände regeneriren. Je höher wir aber die Bedeutung des Bauernstandes zu schätzen haben, um so wichtiger ist es, daß ihm der ohnehin karge äußere Lohn für seine Arbeit nicht ungebührlich verkürzt und er dadurch nicht in seiner Existenzfähigkeit bedroht werde. Für den freien Arbeiter in der Stadt wie auf dem Lande entscheiden stricte Gesetze über die Lohnbildung. Sinkt der Preis der Nahrungsmittel, so bleibt dies auf die Dauer nicht ohne Einfluß auf die Höhe des Lohnes, er wird niedriger; und andererseits steigt er ohnfehlbar, wenn dauernd ein höherer Brotpreis sich befestigt. Für den eigentlichen Arbeiter liegt in diesen allgemeinen Verhältnissen eine gewisse Sicherung, wenn auch immerhin bei plötzlichen Geschäftsstockungen die momentane Noth des Arbeiterstandes groß genug sein und die specielle Fürsorge des Staates erfordern kann. Bei der Arbeit aber, die der bäuerliche Stand zu leisten hat, giebt es keine ausgleichenden Gesetze der Lohnbildung, da schwankt mit dem Preise der Erzeugnisse und in erster Linie mit dem Getreidepreise direct und unmittelbar die Höhe des Verdienstes. Da nun dieser ohnehin schon bei normalem Preisstande nur ein sehr niedriger ist, so kommt bei einem erheblichen Preisrückgange der Bauer sehr bald zum Leiden. Es sinkt dann für ihn und seine mitarbeitenden Familienglieder der Verdienst weit unter den gewöhnlichen Tagelohnsatz. Wegen der Entwerthung des Getreides muß mehr verkauft werden, um nur die nothwendigsten baaren Auslagen decken zu können, und der Bauer ist schließlich genöthigt, trotzdem er Producent ist, sich und den Seinen am Munde abzudarben, was zur Deckung der Steuern und Abgaben erfordert wird. Solchen Zuständen vorzubeugen, ist um so dringendere Pflicht, als es sich dabei um die Wohlfahrt eines sehr bedeutenden Theiles der Bevölkerung handelt. Die den bäuerlichen Besitz umschließenden Wirthschaften von 2—100 ha ergeben nach der S. 2 mitgetheilten Zusammenstellung 2 241 036 einzelne Betriebe. Bei den oben erwähnten 70 bäuerlichen badenschen Wirthschaften berechnen sich nach der angezogenen Quelle für die einzelne Wirthschaft durchschnittlich 3,6 arbeitende Familienglieder (Bauer, Bäuerin und mitarbeitende Söhne und Töchter). Dieser Betrag wird als ein allgemeines Mittel angesehen werden können und es ergiebt sich in Folge dessen für den bäuerlichen Besitz 8 067 730 arbeitende Familienglieder, deren Lohneinkommen direct von dem Getreidepreis bedingt ist. Diesen auf einer angemessenen Höhe zu erhalten, resp. zu einer solchen zurückzuführen, ist der Zweck der Getreidezollerhöhung. Dieselbe kommt somit nicht nur den 25 459 Eigenthümern des größeren und Großgrundbesitzes, **sondern in viel höherem Maße den mehrere hundertmal zahlreicheren bäuerlichen Besitzern und ihren Familiengliedern zu gute.** Da für die letzteren, wie wiederholt hervorgehoben ward, aber nicht genug betont werden kann, in den bei weiten meisten Fällen der Getreidebau die Hauptquelle der Einnahme bleibt, so ist deren Betrag von einem angemessenen Getreidepreis unmittelbar abhängig. Je mehr derselbe bei ungenügendem Schutz durch ungehemmten Import fremden Getreides sinkt, um so mehr geht das Einkommen jener 8 Millionen unter den gemeinen Tagelohn herab, und mehr und mehr muß Noth und Sorge in die Hütten derer einkehren, von denen wir nicht nur rühmen können, daß in ihren Adern ein wesentlicher Theil des gesundesten und kräftigsten deutschen Blutes rollt, sondern daß auf ihrer fortschreitenden Betriebsamkeit hauptsächlich die Hoffnung für ausreichende Ernährung selbst einer erheblich vermehrten Bevölkerung sich stützt, wodurch auch für die Zukunft die Selbstständigkeit und Größe unseres Vaterlandes eine der wichtigsten Grundlagen gesichert findet! — Damit soll nicht gesagt sein, daß die Erhöhung der Getreidezölle für die größeren und Großgrundbesitzer bedeutungslos sei, sie ist nur für diese von minder einschneidender Bedeutung. Der Betrieb des Großgrundbesitzes ist ein vielseitigerer, seine Rente hängt daher weniger einseitig von dem Getreidepreis ab. Der Großgrundbesitzer kann auch leichter mit Hülfe des Betriebes landwirthschaftlich technischer Gewerbe der Viehhaltung eine größere Ausdehnung geben, er kann ferner bei weiter sinkenden Getreidepreisen die Wirthschaftsorganisation extensiver gestalten und vermag unter geringerer Verwendung von Kapital und Arbeit eine zwar verminderte, aber immerhin noch einigermaßen befriedigende Rente zu gewinnen. All diese Auswege zum Begegnen der durch zu niedrige Getreidepreise hervorgebrachten Kalamität vermag dagegen der Kleinbesitzer nicht zu betreten, für ihn ist daher der in der Erhöhung der Getreidezölle gegebene Schutz eine wirkliche Lebensfrage. Und dieser Schutz für treue hochbedeutsame Arbeit, wie sie die gesammte Landwirthschaft und insbesondere der Bauernstand dem Gemeinwohle leistet, kann gewährt werden, ohne daß irgend ein anderer Stand benachtheiligt wird, ohne daß die Interessen der Arbeiter, Bürger und Beamten eine Beeinträchtigung erfahren! Denn die Erhöhung der Getreidezölle hat keine andere Aufgabe als die schon oben bezeichnete: sie soll nur einer weiter gehenden Entwerthung der heimischen Getreideproduction vorbeugen und die bisher schon eingetretene Entwerthung aufheben. Nicht um eine Vertheuerung des Getreides handelt es sich, sondern um Erhaltung der Concurrenzfähigkeit der heimischen Production und Zurückführung des Durchschnittspreises auf das Maß, wie es vor dem rapiden Rückgang der Preise in Folge des steigenden Importes fremden Getreides stattfand. Bei diesem früheren Durchschnittspreise haben Arbeiter, Bürger und Beamten sich wohl befunden, und werden auch ferner dabei ihr Interesse gewahrt finden. Die dadurch herbeigeführte verbesserte Lage der Landwirthschaft wird aber die Kaufkraft des Landmannes wieder heben und dies gereicht der Industrie und dem Arbeiterstande wiederum zum wesentlichsten Vortheil. So sind Aller Interessen aufs Innigste und Normalste verbunden, ent-

3

sprechend den Worten des Reichskanzlers, daß „die Gesetzesvorlage nichts anderes bezwecke, als Schutz der nationalen Arbeit, Schutz des nationalen Gesammtvermögens, des Armen so gut wie des Reichen". — Ob durch die Zollerhöhung wirklich das bezeichnete Ziel erreicht werden wird, läßt sich im Voraus mit Sicherheit nicht sagen, die größte Wahrscheinlichkeit spricht jedoch dafür. Einen Theil ihrer Aufgabe wird sie jedenfalls erfüllen, sie wird der weiteren Entwerthung der heimischen Getreideproduction Schranken setzen und damit wäre schon sehr viel erreicht! — aber es ist zu hoffen, daß auch die bereits vorhandene Entwerthung wieder beseitigt wird. Schwankungen der Preise werden nach wie vor eintreten, weil die sie bedingenden Ursachen unabhängig von dem Zoll sind, wenn nur dabei ein mäßiger Durchschnittssatz sich ergiebt, bei dem der Landwirth ebenso wie die consu= mirenden Stände in friedlichstem Einvernehmen bestehen können. Sollte aber gegen alle Erwar= tung nicht nur eine Zurückführung zum früheren Durchschnittspreis, sondern eine wirkliche Vertheuerung Folge der Zollerhöhungen sein, dann wäre eine entsprechende Ermäßigung im Interesse Aller geboten; aber dazu wird sich voraussichtlich eine Veranlassung nicht finden. Jedenfalls ist hier, wenn irgendwo, neutraler Boden. Es handelt sich nicht um Bevorzugung des einen Standes auf Kosten der anderen, sondern um gerechte und wohlwollende Abwägung aller Interessen, damit unser Vaterland in sich einig und stark sei, seine Unabhängigkeit nach Außen dauernd bewahre und ein Hort des Friedens bleiben könne zum Segen für sich und für andere Völker.

Anmerkungen und Nachträge.

1. Die Grundlagen für Berechnung der angeführten Verhältnißzahlen finden sich bezüglich der Badenschen Wirthschaften in dem S. 1 angezogenen, vom Großherzoglichen Ministerium des Innern herausgegebenen Werke, auf das ich für diese, wie für die folgenden Besitzkategorien verweise. Die Ernte- und Verkaufsverhältnisse der Kleinbauernwirthschaft des Mansfelder Seekreises sind S. 11 speciell angeführt; für die übrigen Wirthschaften dieser Betriebskategorie lasse ich die näheren Angaben hier folgen: a) Eine Wirthschaft der Provinz Brandenburg mit 2,30 ha landwirthschaftlich genutzter Fläche gewährte in einem Jahre einen Getreideertrag (ausschließlich Roggen) von 27,1 Ctr., in einem zweiten Jahre eine Ernte von 29,5 Ctr. Sämmtliches Getreide wurde in beiden Jahrgängen in der eigenen Wirthschaft verwendet. — b) Eine Wirthschaft ebendaselbst mit 3,83 ha erntete 1882/83 an Getreide 74,6 Ctr. und verkaufte 20,5 Ctr.; 1883/84 Ernte: 70,5 Ctr., Verkauf: 16,4 Ctr. — c) Eine Wirthschaft des Großherzogthums Sachsen-Weimar mit 4 ha erntete durchschnittlich 33 Ctr. Wintergetreide, 34,1 Ctr. Sommergetreide und verkaufte 16 Ctr. Wintergetreide und 24 Ctr. Sommergetreide. — d) Eine Wirthschaft ebendaselbst Fläche: 2,55 ha; Durchschnittsernte: 21,25 Ctr. Roggen und Weizen, 32,5 Ctr. Gerste, 8 Ctr. Linsen; Verkauf: 21 Ctr. Gerste, 4 Ctr. Linsen.

2. Bezüglich der Mittelbauernwirthschaft des Mansfelder Seekreises ist ebenfalls auf S. 11 zu verweisen; für die übrigen 7 Wirthschaften liegen mir folgende Angaben vor. a) Eine Wirthschaft der Provinz Brandenburg mit 19,40 ha; Ernte 1881/82: 246 Ctr. (ausschließlich Roggen), Verkauf 164 Ctr.; 1882/83 Ernte 214,8 Ctr., Verkauf 132,8 Ctr.; 1883/84 Ernte 291,1 Ctr., Verkauf 209,1 Ctr. — b) Ebendaselbst, Fläche 6,12 ha; Ernte 1881/82 49,2 Ctr. Roggen, wovon nichts zum Verkauf gelangte; 1882/83 Ernte 73,8 Ctr., Verkauf 24,6 Ctr.; 1883/84 Ernte 69,7 Ctr., Verkauf 20,5 Ctr. — c) Eine Wirthschaft des Königreich Sachsen. Fläche 7 ha; Ernte im Durchschnitt 44 Ctr. Roggen, 55 Ctr. Hafer; Verkauf 20 Ctr. Roggen, 45 Ctr. Hafer. — d) Ebendaselbst, Fläche 5 ha, Ernte 111 Ctr., Verkauf 70 Ctr. — e) Eine Wirthschaft im Großherzogthum Sachsen-Weimar mit 7 ha landwirthschaftlich genutzter Fläche. Ernte durchschnittlich an Wintergetreide 66,56 Ctr., an Gerste 35,28 Ctr., an Hafer 32,40 Ctr. Verkauft wurden an Wintergetreide (Roggen und etwas Weizen) 43 Ctr., an Sommergetreide (Hafer und etwas Gerste) 20 Ctr. — f) Ebendaselbst, Fläche 14,17 ha; Ernte durchschnittlich 80 Ctr. Winterfrucht, 90 Ctr. Sommerhalmfrüchte, 30 Ctr. Hülsenfrüchte; Verkauf 35 Ctr. — g) Ebendaselbst, Fläche 16 ha; Ernte durchschnittlich an Roggen und Weizen 133,12 Ctr., an Gerste 70,46 Ctr., an Hafer 64,80 Ctr.; Verkauf an Roggen und Weizen 84 Ctr., an Gerste 42 Ctr.

3. Von zwei im Mansfelder Seekreis gelegenen Gütern wurden die Angaben über Ernte und Verkauf bereits in der S. 10 gegebenen Tabelle (unter Nr. 3 u. 4) mitgetheilt. Aus

3*

dem Saalkreise gingen mir von folgenden 4 Wirthschaften Mittheilungen zu: a) Fläche 25,5 ha; Ernte 1883/84 an Halm= und Hülsenfrüchten 747,8 Ctr., Verkauf 374 Ctr. — b) Fläche 30,6 ha; Ernte 826,6 Ctr., Verkauf 511,7 Ctr. — c) Fläche 43,40 ha; Ernte 1476 Ctr., Verkauf 885,6 Ctr. — d) Fläche 46 ha; Ernte 1731,8 Ctr., Verkauf 925 Ctr. — Von zwei Gütern der Provinz Schlesien umfaßt das eine 31,9 ha. Die Ernte betrug im Jahre 1881/82 490 Ctr., der Verkauf 146 Ctr.; 1882/83 Ernte: 630 Ctr., Verkauf 284 Ctr.; 1883/84 Ernte: 589 Ctr.; Verkauf: 245 Ctr. — Das zweite schlesische Gut besitzt eine landwirthschaftlich genutzte Fläche von 62,27 ha, die Ernte 1881/82 betrug 1008 Ctr. an Halmgetreiden und Hülsenfrüchten, der Verkauf 640 Ctr.; 1882/83 Ernte: 781 Ctr., Verkauf: 440,5. Ctr.; 1883/84 Ernte: 1079 Ctr., Verkauf: 707 Ctr. — Das eine Gut im Königreich Sachsen mit 26 ha erntet durch= schnittlich 360 Ctr. und verkauft 122,5 Ctr.; das andere mit 37 ha Fläche erntet durchschnittlich 657,5 Ctr. und verkauft 297,5 Ctr. — Ein Gut im Großherzogthum Sachsen=Weimar mit 27 ha erntet durchschnittlich 514,8 Ctr. und verkauft 302 Ctr. — Ein zweites Gut ebendaselbst mit 60,7 ha erntet 594 Ctr. und verkauft nur 100 Ctr.; zu Brot werden 85 Ctr. Winterfrucht verwendet, „die nöthigen Tagelöhner werden mit beköstigt, so daß der Hausstand auf 14 Erwach= sene zu rechnen ist" — „alles Uebrige wird verfüttert". Viehbestand 4 Pferde, 17 Stück Rind= vieh, 18 Schweine, 133 Stück alte Schafe, 62 Lämmer.

4. Für die acht schlesischen Güter liegen folgende Zahlen vor: a) Fläche 131,74 ha; 1882/83 Ernte: 3252 Ctr., Verkauf: 2061 Ctr. Jahrgang 1883/84 Ernte: 2609 Ctr., Ver= kauf: 1537 Ctr. — b) Eine Wirthschaft mit 141,45 ha, von der mir die Angaben über Ernte und Verkauf erst später zu Händen kamen, so daß dieselbe in dieser zweiten Auflage neu aufge= nommen wurde. Ernte 1881/82 2060 Ctr., Verkauf: 1219 Ctr.; Jahrgang 1882/83 Ernte: 2503 Ctr., Verkauf: 1405 Ctr.; Jahrgang 1883/84 Ernte: 2208 Ctr., Verkauf: 1199 Ctr. — c) Fläche: 197,88 ha; Jahrgang 1881/82 Ernte: 2243 Ctr., Verkauf: 1403 Ctr.; 1882/83 Ernte: 3159 Ctr., Verkauf: 2151 Ctr.; 1883/84 Ernte: 1919 Ctr., Verkauf: 1171 Ctr. — d) Fläche: 206,81 ha; Jahrgang 1881/82 Ernte: 4624 Ctr., Verkauf: 2404 Ctr.; 1882/83 Ernte: 3731 Ctr., Verkauf: 2030 Ctr.; 1883/84 Ernte: 4211 Ctr., Verkauf: 2202 Ctr. — e) Fläche: 209,35 ha; Jahrgang 1883/84 Ernte: 3904 Ctr., Verkauf: 1976 Ctr. — f) Fläche: 252,77 ha; Jahrgang 1881/82 Ernte: 4470 Ctr., Verkauf: 2693 Ctr.; 1882/83 Ernte: 4315 Ctr., Verkauf: 2586 Ctr.; 1883/84 Ernte: 5485 Ctr., Verkauf: 2770 Ctr. — g) Fläche: 279,58 ha; Jahrgang 1882/83 Ernte: 5973 Ctr., Verkauf 3793 Ctr.; 1883/84 Ernte: 6176 Ctr., Verkauf: 4041 Ctr. — h) Fläche 311,75 ha; Jahrgang 1882/83 Ernte: 4900 Ctr. Außerdem Zukauf an Hafer 626 Ctr.; an sonstigem Getreide 142,30 Ctr., Verkauf 3416,32 Ctr.; 1883/84 Ernte: 4075 Ctr., Zukauf: 500 Ctr. Hafer und 50,40 Ctr. an son= stigem Getreide; Verkauf 2620 Ctr. — Bezüglich der drei Güter aus der Provinz Sachsen, deren Ernte= und Verkaufsverhältnisse in der S. 10 aufgeführten Tabelle mit enthalten sind, ist noch zu bemerken, daß bei dem einen Gute (No. 5 der Tabelle S. 10) in dem Jahrgang 1881/82 ein Zukauf von 843,72 Ctr. an Hafer und Gerste erfolgte; in dem Jahrgange 1882/83 betrug der Zukauf nur 380 Ctr. Bei dem zweiten Gute (No. 6 der Tabelle S. 10) betrug der Zukauf an Getreide im Jahrgange 1881/82: 317,32 Ctr.; 1882/83: 656,38 Ctr.; 1883/84 nur 22,88 Ctr. Bei dem dritten Gute (No. 7 der Tabelle S. 10) betrug der Zukauf 1881/82: 208 Ctr.; 1882/83: 1 Ctr.; 1883/84: 185 Ctr. — Das westpreußische Gut mit 315,58 ha Fläche gewährte in dem einen Jahre eine Ernte von 5503,22 Ctr. und einen Verkauf von 2654 Ctr.; in dem anderen Jahre betrug die Ernte: 3760 Ctr., der Verkauf: 2100 Ctr. — Für das posensche Gut finden sich die Grundzahlen in der S. 6 angeführten Schrift des Professor Dr. Birnbaum. — Bei allen Gütern wurde der Zukauf außer Rechnung gelassen.

5. Bei Berechnung des Areals ward nur die landwirthschaftlich genutzte Fläche berück=
sichtigt; die Wald= resp. Reutbergflächen wurden ausgeschieden. Ich benutzte dabei die Special=
berichte, weil bei der in den „Ergebnissen der Erhebungen über die Lage der Landwirthschaft im
Großherzogthum Baden vom Jahr 1883" S. 144 u. f. gegebenen Zusammenstellung neben dem
Gesammtareale nur das Ackerland, nicht die ganze landwirthschaftlich genutzte Fläche angeführt ist.
Die Körnererträge habe ich gleichfalls den Specialberichten direct entnommen. — Für die Richtigkeit
der von mir berechneten Zahlen vermag ich voll einzustehen.

6. Daß in der That das in Vergleich gezogene posensche Gut als typisch für den Groß=
betrieb des Nordosten angesehen werden kann, dafür sprechen auch die Ermittelungen über die
Ausfuhr= resp. Verkaufsverhältnisse westpreußischer Güter, welche Professor Dr. Conrad in
seinen „Agrarstatistischen Untersuchungen" im 17. Bande der „Jahrbücher für Nationalökonomie"
S. 275 u. f. für den Zweck statischer Berechnungen mittheilt. Ich habe dieselben in der ersten
Auflage dieser Schrift nicht benutzt, weil für die einzelnen, von Conrad angeführten Güter nicht die
gesammte landwirthschaftlich genutzte Fläche, sondern nur die Größe des Ackerlandes angegeben ist
und weil Angaben über die Gesammternte fehlen, so daß das relative Verkaufsvermögen für diese
Güter nicht berechnet werden konnte. Da aber möglicherweise die Beweiskraft meiner Deduction
angezweifelt werden könnte, weil ich in dem vorliegenden Punkte, bei dem es sich um die abso=
lute Verkaufskraft pro Flächeneinheit handelt, nur ein Gut des Nordostens in Parallele zu
den badenschen Wirthschaften stellte, so füge ich noch die Berechnung für das Verkaufsver=
mögen der badenschen Wirthschaften und des posenschen Gutes pro Hektar Ackerfläche an,
um damit die Verhältnisse von 22 Großbetrieben Westpreußens in Vergleich bringen zu können.
Ich lasse zunächst für die letzteren Güter die Zahlen folgen, welche sich bei Umrechnung der
„Morgen" in Hektar und der „Scheffel" in Centner ergeben, wobei ich nur die Gesammtcent=
nerzahl des ausgeführten Getreides (der Halm= und Hülsenfrüchte) anführe und wegen der wei=
teren Details auf die angezogene Quelle verweise. S. 489 derselben sind die Scheffelgewichte für
Weizen, Roggen rc. angegeben, welche Prof. Conrad selbst bei seinen Berechnungen zum Anhalt
genommen hat und die auch ich bei den erforderlichen Umrechnungen benutzte. Die mit Brennerei=
betrieb versehenen Wirthschaften habe ich besonders zusammengestellt, um sie mit den Wirthschaften ver=
gleichen zu können, die nur Körnerbau in Verbindung mit Viehhaltung treiben. Die ersteren sind a. a. O.
in Tabelle II mit einem * versehen. So bezeichnete Wirthschaften finden sich 11 vor, aber eine
derselben fällt aus (Nr. 35 der Tabelle), da sie unter 100 ha groß ist. Es kommen somit nur
10 Brennereiwirthschaften und außerdem 12 Körnerwirthschaften in Ansatz. Die Brennereiwirth=
schaften führen sehr erhebliche Mengen Gerste ein. Dieser Zukauf ist auch hier unberücksichtigt
geblieben, also das volle Maß der „Ausfuhr" als das Verkaufsquantum in Rechnung gezogen
worden. In weiterem Vergleich führe ich auch 5 bäuerliche Wirthschaften mit an, für die Pro=
fessor Conrad die Zahlen über Ackerfläche und Ausfuhr ebenfalls mittheilt. Es sind dies Wirth=
schaften der Weichselniederung, die trotz ihrer für Viehzucht günstigen Lage doch ein recht erheb=
liches Quantum Getreide durchschnittlich pro Hektar Ackerfläche verkaufen. — Bezüglich der gesamm=
ten a. a. O. in Tabelle II mitgetheilten Angaben bemerkt Professor Conrad S. 275, daß sie zum
großen Theil von ihm selbst aus den Wirthschaftsbüchern ausgezogen wurden und daß er daher
die volle Garantie für die Richtigkeit der Zahlen übernehmen könne. „Sie machen ferner um so
mehr auf Geltung Anspruch, da stets der Durchschnitt mehrerer Jahre, mit Ausnahme von zweien,
welche nur einen dreijährigen Durchschnitt umfassen, von fünf Jahren und zwar die meisten von
1860—65, nur fünf von 1863—68 und von 1865—70 genommen wurde." Die für den
vorliegenden Zweck wichtigsten Anhalte sind in folgender Tabelle zusammengestellt.

Lau= fende Nr.	Bezeichnung des Betriebes.	Nummer der Conrad'schen Tabelle.	Größe des Gutes. ha	Jährlicher Ver= kauf an Halm und Hülsenfrüchten. Ctr.	Pro Hektar werden ver= kauft. Ctr.
1.	Brennerei=Wirthschaft	1.	730,22	4821,36	6,60
2.	desgl.	2.	459,58	1718,92	3,74
3.	desgl.	3.	536,18	3715,76	6,93
4.	desgl.	4.	849,97	3108,64	3,66
5.	desgl.	5.	645,97	2897,20	4,48
6.	desgl.	6.	564,26	1823,04	3,23
7.	desgl.	7.	357,45	1341,44	3,76
8.	desgl.	8.	374,30	2155,60	5,76
9.	desgl.	9.	612,77	3804,00	6,20
10.	desgl.	21.	500,43	2118,88	4,23
11.	Körner=Wirthschaft	10.	513,19	3399,24	6,62
12.	desgl.	11.	382,98	2172,52	5,67
13.	desgl.	12.	268,09	1799,76	6,71
14.	desgl.	13.	204,26	1105,60	5,41
15.	desgl.	14.	301,28	1575,04	5,23
16.	desgl.	15.	306,39	1736,44	5,67
17.	desgl.	16.	408,52	2193,20	5,37
18.	desgl.	17.	331,92	2788,00	8,40
19.	desgl.	18.	382,98	2325,96	6,07
20.	desgl.	19.	440,18	1288,00	2,93
21.	desgl.	20.	325,79	2677,08	8,22
22.	desgl.	38.	164,17	1144,00	6,97
23.	Bäuerliche Wirthschaft Westpreußens	30.	32,17	151,04	4,69
24.	desgl.	31.	90,64	671,72	7,41
25.	desgl.	32.	73,02	649,56	8,89
26.	desgl.	33.	67,40	651,60	9,66
27.	desgl.	34.	51,06	441,64	8,64

Bei den 10 Brennereiwirthschaften Westpreußens schwankt somit der Verkauf pro Hektar Ackerfläche von 3,23 bis 6,93 Ctr. Sie umfassen zusammen 5631,13 ha und verkaufen 27504,84 Ctr. mithin: . . . 4,88 Ctr. pro Hektar.

12 Körnerwirthschaften derselben Provinz verkaufen pro Hektar Ackerfläche 2,93 bis 8,22 Ctr. und umfassen 4029,75 ha bei einem Gesammt-
verkauf von 24204,84 Ctr., mithin beträgt ihr durchschnittlicher Verkauf   6,01 Ctr. pro Hektar.

Nimmt man beide Gruppen von Wirthschaften zusammen, so ergeben sich
für 22 Güter der Provinz Westpreußen 9660,88 ha Ackerland mit
einem Verkauf von 51709,68 Ctr. oder durchschnittlich: . . . . .   **5,35 Ctr. pro Hektar.**

Das Gut der Provinz Posen, welches S. 7 seiner gesammten landwirthschaftlich genutzten Fläche nach mit den badenschen Mittelbauernwirth-
schaften verglichen wurde, umfaßt an Ackerland 1179,59 ha, mithin
entfallen bei einem Getreideverkauf pro Jahr von 6284,25 Ctr. durchschnittlich   . . . .   **5,33 Ctr. pro Hektar.**

Es bestätigt sich somit die S. 6 ausgesprochene Voraussetzung, daß die
Ergebnisse dieses Gutes als „allgemein bezeichnend" anzusehen seien für
den gut bewirthschafteten Großgrundbesitz der östlichen Provinzen des
Preußischen Staates, denn die Verkaufskraft desselben pro Hektar Ackerfläche fällt völlig zusammen mit dem durchschnittlichen Verkaufsvermögen
von 22 Gütern Westpreußens. — Rechnet man den letzteren das posensche Gut zu, so ergiebt sich für 23 Güter der östlichen Provinzen
des Preußischen Staates bei 10840,47 ha Ackerfläche und einer
Ausfuhr von 57993,93 Ctr. ein Verkaufsvermögen von   . . . . .   **5,35 Ctr. pro Hektar.**

Die 43 Mittelbauern des Großherzogthum Badens (mit 5—20 ha
landwirthschaftlich genutzter Fläche) verkaufen dagegen bei Einschluß
von 7 Schwarzwaldwirthschaften von 325,26 ha Ackerland an Getreide
2246,47 Ctr. oder   . . .   **6,90 Ctr. pro Hektar.**

Diese badenschen **Mittel-Bauern** liefern somit **pro Flächeneinheit 29,2 Proc. mehr
Getreide auf den Markt als 23 Großgrundbesitzer, deren Ackerland 1,91 Quadratmeilen
umfaßt!** Eingehendere und über ganz Deutschland gleichzeitig ausgedehnte agrarstatistische Erhebungen gleicher Art werden noch genauere Anhalte gewähren und auch die hier ermittelten
Verhältnißzahlen wahrscheinlich in der einen oder anderen Richtung etwas modificiren, aber zur
Entscheidung der Hauptfrage reicht das schon jetzt vorliegende Material vollständig aus. Es gehört
zwar verschiedenen Jahrgängen an, umfaßt aber sowohl bei den badenschen wie bei den west-
preußischen Gütern mehrjährige Durchschnitte und läßt nach obigen Ausführungen darüber keinen
Zweifel bestehen, daß der bäuerliche Besitzer dasselbe, und eher ein noch höheres
Interesse an der Zollerhöhung hat, wie der Großgrundbesitzer. — Dafür spricht auch
die Vergleichung der Verkaufskraft des Kleinbesitzes mit nur 2—5 ha landwirthschaftlich
genutzter Fläche. 25 badensche Wirthschaften dieser Art, in welcher Zahl die Schwarzwaldwirthschaften und ferner die Getreide zum Theil gar nicht verkaufenden Rebwirthschaften 2c. mit
eingeschlossen sind, besitzen insgesammt 59,79 ha Ackerland und verkaufen in Summa 203,1 Ctr.
Getreide, somit **pro Hektar 3,4 Ctr.,** oder durchschnittlich eben so viel, wie manche Großwirthschaften Westpreußens. Das Gut Nr. 6 obiger Tabelle führt pro ha nur 3,23 Ctr. aus, das Gut Nr. 20
sogar nur 2,93 Ctr.; diese beiden Güter ergeben im Verein mit den Großbetrieben Nr. 2, 4 und 7
dasselbe durchschnittliche Verkaufsquantum pro Hektar Ackerfläche, wie die Güter der Halbbauern Badens!
— Daß die Verhältnisse auch anderwärts ähnlich wie bei dem bäuerlichen Besitz des Großherzogthums
Baden liegen, zeigt der „Bericht über die landwirthschaftlichen Verhältnisse der Gemeinde Messel" im
Großherzogthum Hessen-Darmstadt. Herr Landes-Oeconomierath Dr. Weidenhammer, der

diesen Bericht erstattete und dem ich die Mittheilung desselben zu danken habe, bemerkt ausdrücklich S. 26, daß „die Fruchtbarkeitsverhältnisse in Messel im Durchschnitt kaum mittel sind" und daß „das Feldbausystem der modernen Grundsätze entbehrt." Dennoch verkaufen in dieser Gemeinde 3 typische Bauerngüter verschiedener Kategorie von zusammen 18,95 ha Ackerland 93,25 Ctr. Getreide, also **pro Hektar 4,9 Ctr.**, mithin eben so viel als sich oben für 10 Brennerei= wirthschaften Westpreußens durchschnittlich ergab! — Daß auch im Königreich Württem= berg die Verhältnisse analog gestaltet sind, bestätigte mir brieflich mit gütiger Ermächtigung zur Benutzung der Kanzler der Universität Tübingen, Herr Staatsrath Dr. v. Rümelin auf Grund eigener eingehender Ermittelungen. Darnach ruht in Württemberg die Versorgung des Getreide= marktes fast ausschließlich auf dem bäuerlichen Grundbesitz, der „mindestens 90% alles landwirth= schaftlichen Areals umfaßt", während „große Güter im norddeutschen Sinne notorisch völlig fehlen." Da nun nach den S. 14—17 gegebenen Ausführungen der Preisstand des Getreides für den bäuerlichen Landwirth von noch viel einschneidenderer Bedeutung ist als für den Großgrundbesitzer, so wird es verständlich, daß bei dem Ueberwiegen des bäuerlichen Besitzes im Süden und Süd= westen Deutschlands von dort aus vorzugsweise die Anregung zur Erhöhung der Getreidezölle ausgegangen ist und daß die Bewegung zu Gunsten derselben ihre mächtigste Stütze ganz naturgemäß in dem wohlverstandenen Interesse des bäuerlichen Standes findet.

7. Ich entspreche einer von befreundeter, nationalökonomischer Seite mir gewordenen Auf= forderung, wenn ich über die S. 11 erwähnten beiden Bauerngüter des Mansfelder Seekreises noch nachstehende Angaben folgen lasse. Der Viehbestand beträgt auf dem Gute mit 4,85 ha: 3 Kühe, 5 Schweine; bei der Wirthschaft mit 5,62 ha: 3 Kühe, 1 Stück Jungvieh, 2 Schweine. — Auf beiden Gütern wird die Gespannarbeit mit den vorhandenen 3 Kühen ausgeführt. — In beiden Wirthschaften umfaßt der Hausstand nur je 3 Personen, die sämmtliche Arbeit verrichten. Nur bei sehr dringend nöthiger Arbeit wird ausnahmsweise noch Hülfe angenommen.

www.ingramcontent.com/pod-product-compliance
Lightning Source LLC
Chambersburg PA
CBHW022201020726
47496CB00008B/2821